a história de
todas as famílias

deborah r. sousa

para minha mãe e meu pai, que me
ensinaram o que vem primeiro.

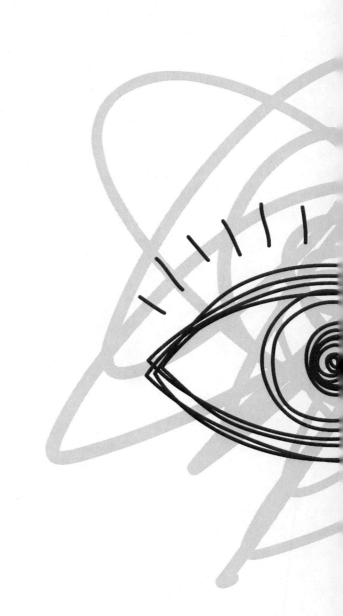

9 —
bicicleta branca

15 —
laranja com feijão

19 —
historinha do meu corpo

25 —
continente invisível

35 —
um todo que se chama corpo

44 —
teresa e jorge

56 —
a história de todas as famílias

65 —
23:30

70 —
jazigo

74 —
o enterro das bonecas

78 —
ambulatório

bicicleta branca

"Escrever sobre a dor sem falar dela". Li isso em um conto de Lucia Berlin, quando ela pediu aos presidiários do centro de detenção onde trabalhava para fazerem esse exercício. Hoje, no banco, esperei que a atendente – uma mulher com semblante de alguém que tem mais dúvidas do que respostas sobre o procedimento a ser seguido (como se as pessoas fossem ao banco para ouvirem perguntas e não soluções) – resolvesse uma questão relacionada ao meu FGTS que, claro, não foi resolvida. Ela me olhou com sua cara de bochechas flácidas e me disse que voltasse outro dia. Dor. Mas ok, não é dessa dor que Lucia falava, ou sei lá, talvez ela falasse de qualquer dor.

Irene, se chamava, apesar de fazer muito tempo. Uma memória sólida e fria, uma cor que se escancara e causa enjoo. Ela morava em um apartamento com seus pais e sua irmã mais nova, que ficava em cima de um bar/lanchonete em uma esquina de Belo Horizonte. Acho que por causa da fritura das porções e dos pastéis que eram vendidos no bar, as paredes de sua casa tinham um aspecto seboso e grudento. Estudávamos na mesma escola de zona sul, eu com uniformes herdados do meu irmão, ela com uniformes de segunda mão, não sei de quem.

Éramos vizinhas de bairro, eu morava em um prédio a poucas quadras do apartamento dela e costumávamos nos encontrar muito para brincar. Lembro-me claramente de sua imagem, com seus cabelos curtos, castanhos com tons de vermelho, completamente bagunçados, suas roupas largas, seus tênis com cadarços desamarrados e seus lábios meio soltos, de um jeito que sempre ficavam um pouco para o lado, lembro dela toda assim em cima de uma bicicleta branca, um pé no chão, o outro no pedal, pronta para seguir na maior velocidade possível. Nos conhecemos na sala de aula, ela colando despistadamente chicletes mastigados debaixo da carteira, com aquele olhar abobalhado, e eu, baixinha, aparelho nos dentes, arco colorido na cabeça, olhando, curiosa, sempre mastigando escondido os chicletes, movimentos lentíssimos com a boca para a professora não perceber que as regras estavam sendo quebradas tão descaradamente em um misto de salivas, sabor de morango e dedos sujos.

Chegando da escola em um sábado letivo, o corpo suado das atividades esportivas reservadas aos finais de semana valiosos, vi Irene descer do ônibus no quarteirão ao lado da minha casa acompanhada de uma mulher muito robusta e, em um impulso incontrolável, abri a janela, meti meu corpo para fora e berrei seu nome. Ela me olhou e acenou de volta. Aquele acaso da infância, o de encontrar conhecidos na rua, teve curta duração, pois fui puxada novamente para dentro do carro pelas mãos dos adultos ao som melódico de frases repressoras sobre motos que poderiam esmagar meu corpo ou algo do tipo, não lembro de me importar nadica.

Ela tinha uma irmã mais nova chamada Nádia, que usava um laço estratosférico na cabeça e que corria na pontinha dos pés, pulando pelo apartamento ao som de óleo fritando enquanto brincávamos, entre uma mesa de jantar pequena e quadrada, as paredes descascadas da casa e uma lavanderia escura. Foi numa dessas tardes que observei sua irmã, pequenina a menina, uns quatro anos mais nova do que nós, fiquei curiosa com aquele corpinho e, mais ainda, ansiosa para carregar a criança, para ter esse privilégio da maturidade, o de poder andar pela casa com ela nos braços e contar casos, arrumar enfeites, era assim que eu enxergava os adultos nessa época, carregando crianças e acendendo o fogão.

Identificada a oportunidade, abaixei-me, peguei a menina pelas suas perninhas, coxas juntinhas e, fazendo toda a força do mundo, levantei-a por completo, de forma que meu corpo terminava onde começava o dela. As forças da física, minhas desconhecidas na época, não concordaram com esse malabarismo desajeitado, o corpinho começou a tombar para o lado e o que era leve ficou pesado. Eu não consegui controlar quando ela escapuliu dos meus braços e foi pousar no chão com sua cabeça direto no cimento queimado e duro. O barulho de coco batendo fez uma cadeira arrastar na outra sala com violência. Do choro estridente da menina surgiram passos firmes e precisos que chegaram na sala. O pai de Irene era um homem bonito, alto, magro, barbudo, cabelos castanhos escuros, usava óculos, lembro de ele ser jovem e lembro dessa beleza. O pai de Irene chegou até nós e a pegou pelo braço, espremendo sua pele entre os dedos grosseiros.

Nenhuma pergunta foi feita, nenhuma dúvida tirada, nenhuma palavra foi dita. A mão levantada desceu com um golpe forte nos cabelos curtos, nas costas, nos braços, nas pernas, na roupa amassada. Irene começou a correr e gritar, tentando escapar do espancamento, mas as pernas longas, os óculos que guardavam olhos envidraçados e enfeitiçados a alcançaram e lhe bateram, com força, fazendo mais barulhos de cocos ressoarem no apartamento. Nem os freios dos ônibus na rua conseguiram esconder aquela sinfonia de horrores. Mais choros não impediram o homem de seguir, de continuar e de não parar até que a menina estivesse caída no chão, implorando perdão pelo que não tinha feito.

Eu fiquei estacionada na quina da sala, próxima da mesa quadrada, assistindo muda, com anseios de assumir a culpa. Mas não tive coragem, não houve palavra que saísse da minha boca. Depois desse dia, não me lembro de mais nada. Não sei se saí pela porta e caminhei até a minha casa, não sei se a mãe de Irene me pediu que fosse embora, realmente não sei o que aconteceu.

Aos poucos, fui inventando desculpas para não ir à casa de Irene. De dentro do carro olhava para as janelas do seu apartamento e me lembrava do corpinho escapando como água das mãos. Não contei essa história aos meus pais ou a qualquer pessoa. A necessidade de controlar as coisas e as situações da vida começou a demonstrar seus traços nessa época, e as maiores consequências dessa característica compulsiva foram a boca cerrada, que encaixa perfeitamente as arcadas dentárias como cola atravessada no corpo, e a mania dilacerante de controlar o sofrimento como um conta-gotas. Mas a memória acaba por escapulir de outras formas, principalmente na necessidade de encaixar as palavras perfeitamente nos espaços vazios.

Meus desejos de locomoção pelo bairro foram desviados para outros quarteirões e eu preferia andar mais para comprar balas e pães de queijo do que ter que passar por aquela esquina. No banho, eu repensava toda aquela cena, a refazia por completo, eu tomava a frente da situação falando que era a culpada, era eu quem tinha feito aquele coco de criança se espatifar no chão, que isso seja dito, e eu gritava também, gritava muito por ajuda, as pessoas do bar subiriam e fariam aquele homem sumir, tudo aquilo viraria fumaça na vida de todas as mulheres e meninas do mundo. Quantas lutas teriam sido ganhas nessa vida se tudo o que eu imaginava no banho, na banheira azul-bebê da minha casa, se tornasse realidade, quantas tristezas e boas respostas teriam sido dadas se, de alguma maneira, os feitos da minha cabeça pudessem se materializar, se eu pudesse deixar o mundo com um formato menos pontudo.

Tenho claro em minha mente que, depois dessa cena, Irene saiu da escola, embora eu não desse conta de olhar para a sua carteira vazia e de reconhecer isso por um bom tempo. Meus olhos ficavam direcionados apenas para o quadro negro com rabiscos de giz, havia tanta atenção que a professora até começou a me elogiar. Havia também muita ausência das blusas amassadas, sujas de rolar na terra, ausência das piscadas de olho na aula, ausência da cabeleira vermelha.

Passado mais ou menos um mês, resolvi encarar aquela carteira vazia. Depois da aula dei uma boa espiada na mesa onde ela se assentava, eu procurava algum lápis jogado dentro da gaveta, uma bola de gude, uma figurinha ou, quem sabe, um bilhete me perdoando, mas ela estava vazia de tantas formas que não me contive, escorreguei para a cadeira e me sentei em seu antigo lugar. Foi então que um joelho sem querer bateu na parte debaixo da mesa e eu senti, não podia acreditar, virei a mesa de cabeça para baixo e os avistei: roxo, azul-anil, amarelo, vermelho, rosa, em formato de continente, em formato de lua, bolinha, lá estavam todos os chicletes que ela recusava que fossem entregues às lixeiras, que queria que tivessem alguma permanência no mundo.

Alguns anos depois nos encontramos, minha mãe insistiu que eu fosse visitá-la na casa onde estava morando (não sei como essa informação chegou até ela, talvez a mãe de Irene tenha telefonado). Entrei no carro e o caminho até essa nova casa me pareceu eterno, não tenho ideia do bairro aonde fui, a cidade não fazia nenhum sentido para mim naquela época, às vezes sinto que até hoje não faz. Acho que brincamos um pouco, fui acometida subitamente por uma timidez, a boca ficou muda e não consegui falar nada. Esse foi, tenho certeza, o nosso último encontro. Enquanto isso, Irene brincava com ares de infância, livre, com seus cabelos balançando com o vento, um pé na bicicleta branca e o outro no chão, pronta para ir até o fim.

laranja com feijão

Para os menores: facas de pão. Para os do meio: canivetes. Para os mais velhos: facas grandes. Nas mãos do meu avô: o facão, gigantesco, que usava para cortar cocos dia sim, dia não para depois virar seu líquido em uma jarra e deixar na geladeira da cozinha. Meu avô era um senhor alto, de cabelos brancos bem-penteados, que misturava elegância com desapego de uma forma engraçada. Passava laquê na cabeleira e depois penteava as madeixas minuciosamente com um pentinho que guardava no bolso. Usava camisa social com bermudas e vestia pijamas debaixo da calça para economizar tempo quando chegasse em casa. Chamava todo mundo de "filhinha" e raramente acertava o nome dos netos.

Em uma fila indiana, caminhávamos até o terreno ao lado da casa de praia, um matagal arenoso, com pequenas aglomerações de gramíneas. Íamos muito concentrados, quase em silêncio, em busca de um lobo imaginário que supostamente habitava o litoral do Sul da Bahia. Sinto-me sempre nostálgica quando penso no quanto mudamos de forma drástica na vida e em como, ao mesmo tempo, continuamos iguais de forma tão palpável. Participei dessas atividades de caça ao lobo durante as minhas férias de verão junto de mais de 17 primos que, assim como eu, hoje são tão diferentes (mas também tão iguais). Percebo isso quando nos encontramos nas festas de família, ou quando brigamos, ou competimos: o nariz escorrendo, as panelas que se formavam durante as brigas, as mágoas do passado e a doce afinidade que sempre tivemos continuam intactas.

Eu, muito pequenina, segurava a faca de manteiga com uma firmeza vital, a mão suava, os primos andavam juntinhos, um protegendo o outro, um atazanando o outro, tal como fazíamos em todo canto durante as férias: contra as grandes ondas do mar e as perigosas águas-vivas, na parte escura do caminho de volta da praça até em casa, na briga com os vizinhos e contra o horripilante escuro, vilão da infância e amigo da adolescência. A caça ao lobo acontecia no fim da tarde, quando o calor amainava e dava lugar à brisa gostosa e a um céu azul com lua. Às vezes algumas araras cruzavam nosso caminho, sempre voando em pares.

Eu seguia atrás dos primos do meio, cabelinhos de cuia cortados, shorts verde-neon abrigavam passos apressados, muitas vezes alguém beliscava minha perna para ver se eu me assustava e eu sempre me assustava, me assusto até hoje com facilidade. Um senhor e sua fila de netos armados era uma cena cotidiana nas nossas férias, imagem que segue emoldurando minha memória infantil. Somam-se a ela as olimpíadas que fazíamos, os sustos, os campeonatos de pingue-pongue, as diarreias, os acarajés e as pousadas vizinhas, onde entrávamos apressados para pular na piscina e depois sair correndo a toda velocidade, como criminosos.

Pouco tempo atrás, a caminho do trabalho, no carro parado no sinal, chamou-me a atenção um bando de meninos molhados que corriam na rua rindo muito. Tênis e chinelos nas mãos, bermudas malvestidas, camisetas no ombro, alguns apontavam para os que corriam atrás de forma divertida. Fiz o percurso de onde vinham com os olhos e encontrei o local original de sua fuga: uma loja chamada "Ponto da Piscina", localizada no encontro da Avenida Raja Gabáglia com a Mário Werneck, que possui um quintal recheado de piscinas azuis de plástico de todos os tamanhos. Embora sempre tenha sabido que esse estabelecimento estivesse nessa exata esquina há anos, subestimei a infinidade de possibilidades que representava para a infância, eu sabia bem como esses pequenos desvios eram fundamentais para qualquer coisa que se resolvesse construir no futuro.

Meu avô fez quatro cirurgias contra o tumor. Todas bem-sucedidas, até que não pôde mais operar. Seu neurocirurgião, um fenômeno na medicina, faleceu antes dele, de ataque cardíaco fulminante, no banheiro de casa. Uma grande cadeira de couro, com apoio para os pés, que deitava quase por completo, foi colocada na sua sala de TV e, depois que ele se sentou nela, nunca mais se levantou. Esta mesma cadeira cor de gelo agora está na casa do meu irmão, também de frente para uma TV, nossa família adora assistir a filmes, séries e novelas. Meu avô sempre respondia ao boa-noite do Jornal Nacional sem perceber, sei que muitas pessoas o fazem, mas durante muito tempo achei que era só ele que fazia isso e me divertia muito com essa memória.

Ele comia mangas e laranjas em uma quantidade absurda. Sujava as mãos sem pudor, fiel à criança que nunca deixou de ser, usava facas de feijão e arroz para partir as frutas. "Lá dentro é tudo igual, minha filha", ele falava com naturalidade e eu acatava com nojo esse comentário. Só há pouco reparei que, como ele, também lambuzo facas de almoço nas frutas e no queijo sem pudor nenhum.

Quando me mudei de casa pela segunda vez em um ano, encontrei cartas escritas por ele em uma caixa. A letra sempre foi ilegível, mas a assinatura se distinguia do restante: "do seu maior fã", ele escrevia. O vovô tinha uma máquina de escrever com a qual eu adorava brincar, não sei que fim tomou. Minha memória desenfreada o associa ao som dessas teclas, tec, tec, tec....

Teve 6 filhos, um homem e cinco mulheres, foi um pai muito presente, cometeu muitos erros e muitos acertos. Herdei dele uma família de quem sou muito próxima, em grande parte pelo seu incentivo. Hoje não caçaria lobos, nem comeria mais carne, mas aprendi a imaginar o mundo a partir das raízes que criei naqueles verões, mil anos atrás. Preservei a minha criança interior, que é quem dita cento e vinte por cento das minhas criações, em parte por herança, em parte por saudades.

historinha do meu corpo

para flávia péret

Eu poderia contar alguma coisa sobre a baixa estatura, os joelhos tortos, as amígdalas que foram arrancadas aos oito anos, mas a camada que fica embaixo disso, vocês sabem do que estou falando, a camada mais profunda ainda estou descobrindo. Descobrindo que são coisas entrelaçadas, como se o jeito torto com que o pé pisa no chão fosse um ditador do destino que começa desviado do caminho reto; no meu caso enxergo isso como uma coisa boa, mas entendo que também pode ser ruim. A minha voz rouca, por exemplo, os berros da infância faziam com que ela sumisse, se esvaísse no final do dia, e nem os gargarejos resolviam, mas os pensamentos, por outro lado, pirulitavam soltos, e acho que isso deixou a imaginação fértil.

Nos exames das cordas vocais, o médico de língua presa avaliava a gravidade da minha voz rouca, pedindo que repetisse aaaaaa, óóóó, enquanto enfiava uma sonda de metal na minha garganta para filmar dentro do meu corpo. E nós ficamos mais encabulados quando vazam imagens de fora do nosso corpo do que quando existem imagens de dentro do nosso corpo disponíveis em arquivos médicos para estudantes esperançosos. Não sei mais qual é a lógica da intimidade.

Já o meu cabelo liso nasceu diretamente das propagandas de margarina, cachos dourados que foram desaparecendo e que minha mãe preserva até hoje amarrados em laços cor de rosa, guardados em caixas pintadas à mão. Como se os cabelos loiros não representassem algo que fez mal a toda uma etnia, como se a infância e a inocência pudessem ser guardadas em algum lugar material e não só na memória. Ela mesma nos engana, por exemplo, ao roubar lembranças de outra pessoa como se fossem nossas, e isso sem termos a menor ideia de que somos o ladrão. Talvez eu tenha feito isso em algum momento, talvez não lembre que o joelho ralado ou o braço quebrado são o resultado de um crime.

As cicatrizes podem ser provas da verdade. A marca branca na testa irregular mostra a quina de casa, que foi abraçada com o copo de vidro na mão, e as gotas de sangue que jazem em algum oceano formaram pistas para as pessoas grandes que chegaram em casa. Só viram o lastro dos sete pontos que costuraram um pedaço de pele.

Eu nunca pintei o cabelo, adoro afirmar essa virgindade preservada, embora tanto tenha desprezo por essa palavra. De toda forma, temo o futuro, pois penso que não serei corajosa o suficiente para enfrentar uma vida de cabelos brancos. A coragem se fez obrigatória em algumas ocasiões. Em uma adolescência com ferro nos dentes, as gominhas coloridas traziam alguma leveza para o ciborgue que eu me tornava a cada dia. As dores eram constantes. Outras dores foram piores.

De todos os males, o menor. Tornei-me, com o passar dos anos, uma ruminante do sono. Um prolongar arrastado da consciência, o dormir em sofás ou em camas ainda por serem desfeitas para acordar e lembrar que ainda posso dormir, e dormir para acordar, e fazer toda a volta de novo.

Mas morro de medo de morrer. Isso eu admito, morro. Acho que é mal das pessoas que têm línguas geométricas e escápulas aladas. O pior de tudo é que morro de medo de me verem morta, é como o vídeo das cordas vocais: uma exposição desnecessária.

Um médico me disse que usasse óculos, o outro me disse que não. Logo, usei óculos e depois não. Os olhos ardiam quando lia muito, é verdade, mas depois secaram. As pessoas não costumam mais nos olhar nos olhos, encarando as pupilas, encarando os brilhos ocultos. Uma visão ruim das coisas. Uma visão boa das coisas. O saber das coisas. A maior inteligência humana se dá pelo olho, me disseram. Cozinhar pelo olho. Medir pelo olho. Desenhar pelo olho.

E percebo, cada vez mais, que as coisas acontecem completamente invertidas no seguir do calendário. Eu, estacionada no canto do elevador, contas vão, dores vêm, logo perto do sétimo andar, um buraco no estômago me fazia sentir que o drink do dia tinha sido coquetel de água sanitária com naftalina, martelando, e um vizinho me olhando e dizendo como eu estava bonita, como eu estava magra. Ainda me pergunto o que as pessoas, de fato, veem pelos olhos, porque parecem não enxergar nada, só os punhados de calorias e o estar (ou não) magra. Quero muito me lembrar de todas as pessoas que eu simplesmente não enxerguei, nas quais, por algum motivo escabroso, eu só reparei em barrigas retas, em boletins, empregos de sucesso, sapatos pontudos e dentes brancos, quando devia estar olhando pulmões cheios, glândulas lotadas de lágrimas, dentes que rangem de noite, respirações excessivas, olheiras maquiadas e mãos cheias de bolhas.

Oitenta tipos de doenças autoimunes no total, segundo o oráculo. Oitenta formas de o corpo se atacar, de destruir a si próprio. Uma forma de matar a minha tireoide com uma taxa de anticorpos elevados. Isso é o que toda uma comunidade corporativista foi capaz de nomear, pois existem tantas formas de se destruir, trabalhos, cigarros, relacionamentos, mudez de sentimento, sentido de inexistência, políticas públicas, presidentes protofascistas. As doenças autoimunes na verdade são sociológicas. Doenças socioimunes, se me permitem. E são anos de terapia para descobrir que não existe a permanência da felicidade envelopada em papel filme e comercializada a preço de honestidade. É como água na cara, que passa, molha o rosto, refresca, faz sentir bem, depois muito bem, logo escorre e deixa gotas. Depois seca. É essa a felicidade, uma busca por molhar o rosto com mais frequência, e tudo bem isso.

Sempre me disseram sobre o meu tom irreverente para falar, sobre ser aquela pessoa que possui resposta para tudo, mas isso me soa ao revés: o meu sentimento é de que falo e quase ninguém me escuta, de que as palavras saem e ninguém ouve. Talvez o mundo nos veja do avesso, porque a pele é o lado avesso do nosso tipo sanguíneo. Quando tive salmonela e fiquei alguns dias internada em um hospital no estrangeiro foi assim, como se estivesse tomando um calmante, não tive nenhum medo, era como se estivesse sedada.

Outra vez foi muito diferente. O dedo cortado, duas vezes no mesmo lugar, o dedo que aponta as pessoas jorrando sangue loucamente, enchendo papéis higiênicos de vermelho, como quando mergulhamos o algodão na acetona. Olhares assustados assistiam à cena preocupados e, no fim, o corte era tão pequeno que nem precisou de costura.

E a lista é infinita. O dente quebrado em uma trombada com um casco de cerveja se contrapõe com os dentes rangendo à noite e uma bela arcada dentária encomendada. O medo da morte, enfrentado todos os dias e a tosse que não sara. Logo mais os pés de unhas malfeitas tocam o chão, milhares de diagnósticos não saberão dizer o que se revolta internamente com tanta constância, algo entalado que precisa sair. A dança e as costas doendo. Alguém falando "você não tem o dom para isso". O corpo todo coberto de tatuagens e a bexiga infestada de bactérias, que tanto fizeram repetir os antibióticos que eles pararam de funcionar. Mais hospitais. A anemia antes de virar vegetariana, que se curou parando de comer carne.

Olho no espelho e vejo um olhar desconfiado que deseja. Que os peitos sejam cada vez maiores. Peitos para peitar todas as coisas. Que as minhas unhas roídas sirvam para acumular coragem e que cada buraco no estômago seja um início. Que a primeira casa impecável que tenhamos seja o nosso único, decepcionante e maravilhoso lar. Que os diagnósticos entendam que não é culpa do vírus, ou da falta de carne, ou do vento frio. A terra firme e a água corrente ainda hão de responder como os nossos átomos reagem à falta de compaixão e de olhar, como reagem à falta que foi tão grande que nem sei por que comecei essa história.

A velhice há de responder, talvez. Se ela um dia chegar.

continente invisível

1.

Padaria Modelo, excelência e tradição. Eu observei dois homens sentados diante do balcão, conversando enquanto dividiam uma lata de cerveja em dois copos de plástico minúsculos, o que me fez pensar em oceanos cheios de baleias mortas. O barulho da colher de café rodopiando na xícara gerava um som irritante e me fez arrepiar. Encarei-o com desaprovação e o barulho abaixou. Uma mulher passou ao lado dos homens da cerveja, o de boné esperou que ela passasse e observou suas pernas e nádegas com aquele olhar reconhecível, algo que todas as mulheres sabem identificar.

2.

Mais uma viagem começava rumo ao banho de mar e ao sal, rumo à renovação, às frutas frescas, ao fim de tarde e à lua. Mais cedo, juntando as malas no quarto, reparei nas coisas que ele deixou para levar por último para o carro: uma blusa branca meio gasta, um cigarro de palha, um isqueiro verde, duas sacolas com tênis e roupas sujas. Eu sempre carreguei o máximo de pertences de uma vez, de forma a nunca deixar nada para trás. Não usava sacolas de plástico e sim sacolas jeans ou de pano, uma só para os livros, o que causava olhares irônicos da parte dele, indicando um certo exagero: número de livros versus tempo de viagem, uma conta angustiante.

No carro, mais tarde, senti as nuvens muito perto da terra, deixei os pés para fora da janela para que o vento fizesse carinho. Eucaliptos. Vacas. Plantações de milho. Não, de melões. Vilarejos. Buracos. Tudo era contemplado, tudo fazia parte das férias. Sempre considerei viajar de automóvel um tempo de graça para pensar e conversar, passar com o carro empoeirado por pequenas cidades, com casinhas e crianças sempre correndo na porta. Nunca pensei em ter filhos, mas essa constância das crianças em todas as vilas me fazia pensar que elas representam algo como a esperança. A existência. O esticar de algo que mora dentro da gente, o construir a própria constância na terra.

3.

Na escola jesuíta onde estudei grande parte de minha vida, no ano da quarta série, saí da aula de Matemática conversando com dois colegas meninos, feliz por me entrosar com novas pessoas. No caminho da ponte que ligava o prédio do ensino fundamental ao pátio, fui chamada pela coordenadora para uma conversa de porta fechada. Uma mulher muito alta, com os pés muito grandes, que usava sapatos azul-marinho, de saltos baixos. Cabelos curtos e olhar desencantado. Naquele dia fui informada de que meninas e meninos só se misturam para fins materiais ou reprodutivos e de que a forma como uma mulher se porta com eles pode afetar negativamente, de algum modo, sua imagem e suas possibilidades. Anos mais tarde, pensei em inúmeras respostas desafiadoras para aquela mulher infeliz, mas no dia em que aquela situação se deu, o que fiz foi me engasgar e me sentir indefesa, atacada por motivos desconhecidos. Um convite para a culpa entrar e se demorar.

No ano passado voltei naquela escola, tudo estava diferente, até as crianças. As salas eram modernas, um laboratório de artes foi instalado em um dos pátios, uma biblioteca ligava a escola dos pequenos à dos grandes. Entrei em uma sala para coordenar o projeto gráfico da confecção de um almanaque científico que o segundo ano estava produzindo e reparei na diversidade das crianças, nos pequenos acessórios que usavam, nas meninas de laço e arcos com orelhinhas purpurinadas de gato; nos meninos de meião de futebol, nas crianças de cabelos embaraçados e que não obedeciam à professora. Torci secretamente para que elas continuassem assim, para que ignorassem as pessoas em situação de poder.

4.

Na minha primeira vez, as mãos pareciam desbravar um matagal fechado onde se deseja montar um negócio. Abre-se caminho com um facão, corta-se tudo sem cuidado com onde se pisa, com o que já era cultivado por aquelas terras de forma milenar, com a história que já vinha sendo construída naquele chão. A história do Brasil é a história de uma mulher.

5.

Um colega de faculdade foi apaixonado por mim. Buscava-me em casa, dividíamos um baseado escutando música, as janelas do carro sempre abertas, enquanto eu fazia dobraduras com todos os folhetos que recebia nas paradas do sinal em formato de barquinhos e os deixava espalhados pelo carro dele. Os seus olhos azuis e cabelos loiros raspados nunca haviam de fato chamado a minha atenção, eu o via da mesma forma como me senti saindo da escola naquele dia na quarta série, antes de a coordenadora me chamar para uma sessão de educação.

Um tipo jaqueta de couro fora de moda que se agarrava com todas as alunas das festas de faculdade regadas a vinhos baratos, mesmo tendo namorada. Ele nunca me cobrava a gasolina, sempre escutava tudo o que eu tinha a dizer com a maior atenção, e depois se lembrava, perguntava o que tinha acontecido mesmo com as coisas banais, como um cano estourado ou um casaco perdido, perguntava, quem sabe, até como ia uma leitura. Elogios constantes para a flor de crochê presa no meu cabelo.

Depois de anos, um reencontro como dois estranhos na porta de uma boate, como dois desconhecidos. Parecia que aqueles momentos no carro haviam sido uma rajada do vento gostoso de se sentir no rosto, mas quase invisível. Isso tudo ficou nos caminhos entre a minha casa e a universidade, que fazíamos juntos, nos corredores com varanda do prédio de humanas, nos cigarros e nos papos cabeça no DA.

6.

Pousamos diante de uma tempestade e fomos recebidas por uma sala de desembarque entupida. Esperávamos que um carro nos buscasse no minúsculo aeroporto de Hanga Roa, conforme a chamada no site de reserva da pousada, algo que nos agradou, a princípio. Saindo com nossas malas, vimos plaquinhas com nomes que revelavam a diversidade da origem dos visitantes, pessoas sorridentes com colares floridos nas mãos recebiam turistas animados. Trinta minutos mais tarde, nos demos por convencidas de que ninguém viria nos buscar e conseguimos uma carona até nossa pousada com um morador local que era taxista e já tinha visitado o Brasil. No carro, ele nos mostrou suas fotos no Rio de Janeiro, com o Cristo Redentor atrás e um mar azul. Feliz, contava que havia sido muito bem recebido em terras brasileiras e fazia questão de nos ajudar.

Não havia ninguém no local para nos receber, os quartos estavam com as luzes apagadas e a chuva caía sem medo de estragar a nossa chegada. Quase uma hora depois, o carro do motorista de táxi retornou com uma moça morena e baixa, que andava com passos assertivos, a coluna envergada e os ombros caídos.

Ela desceu do veículo com uma cara séria, falando um espanhol objetivo e limpo, nos explicando que ela tinha cumprido com suas obrigações do dia e que não caberia a ela nos receber. Ela tinha um *hijo pequeño* e que tinha acordado no meio da noite para não nos deixar de fora, pois a pessoa encarregada havia furado. Nessa noite, tomamos água da pia e dormimos em um quarto simples, ao som da chuva.

A gente rodeia a ilha e ela rodeia a gente. Lembrei de reações químicas nos laboratórios da escola, que davam novos tons fluorescentes para o vermelho, o amarelo e o azul. Na ilha, quando as ondas quebram, aparece esse azul mágico, inédito, que dura apenas alguns segundos, até que a água volte a se esticar em pedras vulcânicas escuras. E esse ciclo se repete infinitamente, revelando a beleza do mar e sua capacidade de absorver os olhares mais distraídos, de consolidar paixões à primeira e à quinta vista. Nossos passeios foram atléticos: caminhadas, mergulhos, subidas de bicicleta até a boca de vulcões inativos, quadriciclos e visitas a praias paradisíacas. Caminhando entre os curiosos moais, tudo mais parecia um sonho úmido e misterioso.

Visitamos o museu local, que nos informou como essa ilha azul foi invadida por homens brancos. Algo parecido acontece com o corpo feminino. Muitas vozes ouvidas são invasivas, machucam, nos pisoteiam como os conquistadores fizeram aos Rapa Nui, como os europeus fizeram aos povos originários das Américas, como os homens ainda fazem às mulheres e como o branco faz com o negro. Entram como se fosse sua própria casa e ainda colocam o pé na mesa. Imagino que conquistadores não tenham mesmo o sentimento de casa, de lar, que sejam tão perdidos que chegam ao ponto de construir uma vida invadindo casas alheias.

Todos os dias, eu acordava depois de minha prima, que levantava cedo para fazer yoga na nossa varandinha. Eu lia e escrevia na cama até a hora do café da manhã, preparado por Andrea e Alba, uma moça de respostas tão diretas que pareciam rudes. Pães esfarinhados, sucos de goiaba e manga, frutas locais, manteiga, queijo, geleia, em alguns dias, maçãs picadas com granola. A comida era previsível, mas gostosa, cheia de substância, dava sabor para os planos do dia.

Os originários da Ilha de Páscoa eram fechados de uma maneira geral, o que contrastava com os residentes de origem continental que passavam temporadas por lá para trabalhar. Esse também era o caso de Andrea, depois vim a saber. De dia, escolhíamos algum roteiro especial, sempre finalizado com cerveja e alguma refeição saborosa. No primeiro dia, caminhamos até algumas cavernas formadas pelos tubos de lava que perfuraram as rochas e criaram túneis que terminavam em penhascos com vistas deslumbrantes para o mar.

As conversas com Andrea foram se intensificando. A seriedade de seu rosto foi cedendo espaço para um sorriso amigável, anéis de prata nos dedos, um blusão de moletom e calça jeans confortável. Ela nos fazia perguntas, indicava pontos turísticos imperdíveis e contava sobre suas visitas ao Brasil. Ela era do interior do Chile e tinha vindo para a ilha para trabalhar um verão quando se apaixonou por um Rapa Nui. Casaram-se e ela teve um filho com ele, hoje com seis anos, mas o casamento evaporou. Seu rosto ficou tenso quando nos disse que esse era o motivo pelo qual não poderia ir embora, seu *hijo*. Mesmo assim, de tempos em tempos, ela tinha uma urgência louca de abandonar a ilha para visitar o continente. O ser humano precisa andar, precisa conhecer, dizia tagarelante.

Uma manhã, enquanto eu analisava o mapa do ponto mais alto da ilha junto com minha prima, passeio previsto para a nossa manhã e também a rota de fuga no caso de tsunamis – informação sinalizada nas placas espalhadas pela estrada, que deixavam nossos sorrisos amarelos e a imaginação pululante –, Andrea começou a conversar conosco. Sempre que conheço alguém, tenho uma ânsia de fazer perguntas. Entre dúvidas sobre a vida na ilha, questionei sobre a presença de hospitais, já que lá moram menos de quatro mil pessoas. Andrea respondeu que havia um hospital local, mas que os casos graves, como ela tinha tido, eram melhor tratados na capital do Chile, em terra extensa. Perguntamos. Raúl não era seu primeiro filho, uma doença congênita acometeu seu primeiro bebê com tumores por todo o corpo, de forma que não conseguiria viver fora do útero da mãe. *Desfruta tu embarazo*, foi o que lhe disseram. Ela contava essa história com seu espanhol leve, cadenciado, e nós escutávamos com atenção.

Perguntamos. Tudo o que queria era que lhe arrancassem o filho logo, que a dor viesse de uma enxurrada só. Mas não. Que desfrute de sua gravidez, já que o aborto não é uma opção. É um crime contra a vida, lhe afirmaram. Sentou na nossa mesa e nos olhou com seus olhos castanhos, um pé de suas botas acolchoadas balançando no ar, pernas cruzadas.

A barriga cresce, os seios incham, o leite preenche. O pai que fique livre para viver as coisas de homem. Depois vêm as espinhas, o espelho fica arredondado. As provações pelas quais o esquecido corpo feminino passa não terminaram com um par de olhos inocentes.

Ninguém mais sofreu quando ela entrou na fila do hospital vivenciando contrações horríveis. Quis voltar para casa, quis aguentar, pois o pronto atendimento estava abarrotado com pessoas tossindo e crianças chorando. Simplesmente não era possível, não podia suportar todas aquelas pessoas do campo e da cidade reunidas, aguardando o atendimento público em uma fila social de injustiças intermináveis. Foi para casa aguardar a morte, mas foi a vida que acabou por lhe sair caro. O preço de duas vidas, mais a conta do hospital. O avô implorando para que voltassem ao hospital, o marido em terra distante, na ilha, regando suas raízes, tudo isso porque ela estava desfrutando de sua gravidez. Aos seis meses, todas as mães são obrigadas a voltar para terra firme para ter os nenéns. Vivos ou mortos. Recomendações médicas.

Um dia, alguém me olhou no sinal de trânsito e disse que eu não tenho cara de ser mãe. Eu também acho que nunca vou ter cara de mãe, que cara seria essa? A cara de uma pessoa sem escolha? Ouvi que os filhos nunca abandonam o corpo da mãe, saem do útero e nascem na cabeça e lá permanecem.

7.

O melhor de não morar na costa é a surpresa do reencontro com aquele azul salgado, com as ondas, com os pés na areia fina, com os pataxós. Isso era renovador. Passeamos pela beira do rio, comemos pastel frito debaixo das castanheiras, tomamos cerveja, dividimos o frasco de protetor solar e dormimos na rede.

No último dia de viagem, acordamos com muita chuva e dormimos até que um intervalo da tempestade fosse tempo suficiente para caminharmos até um restaurante.

Seguimos pelas ruas de areia do vilarejo de mãos dadas, queríamos comer comida vegana. Mesas estavam postas no quintal de uma casa de portão azul-claro, muito simples, mas muito arrumadinha. Na parede branca estava escrito: *o amor é a força mais poderosa*. Nos bancos espalhados pelo quintal de concreto havia comida, frutas, alpistes, comidinhas que eu não sabia o que eram. Ficamos lá, em silêncio, olhando os muitos pássaros que vinham se esbaldar com aquela elegância, pequeninos, marronzinhos, de bico caramelo, em bandos ou separados. Rimos juntos quando um passarinho de peito muito amarelinho apareceu, se distinguindo dos outros, todo gracioso. Almoçamos arroz integral, feijão com tofu, salada com maionese de alho feita com creme de leite de soja e bebemos suco de goiaba.

8.

Escutei na minha infância uma história sobre a casa de uma família. Até que os homens da casa chegassem à mesa, a comida nunca era servida, e frases anunciavam que ninguém havia chegado para que a refeição começasse, mesmo que a sala de estar estivesse cheia de saiotes e bolsas. O continente invisível, lamentei.

um todo que se chama corpo

Eu fico pensando nessas duas histórias, nessas duas pessoas de idades muito diferentes.

Ela de seis, ele de 36. Ela baixinha, de cabelo crespo, olhos cor de jabuticaba, menina. Ele alto, de cabelos castanhos encaracolados, olhos verdes, homem. Eles nunca se conheceram, nunca estiveram juntos no mesmo espaço físico. Acho que tristeza pode ser isso, nunca ter se visto, nunca ter se conhecido.

×

A cortina estragada da minha sala fazia o sol entrar sem parcimônia pela janela ao lado da minha mesa, eu suava pensando em como alguém poderia trabalhar naquela estufa, o ventilador mexia com um movimento suave, despreocupado das altas temperaturas do verão, quando os olhos verdes entraram na sala acompanhados pelo meu chefe. Rafael, prazer. O novo coordenador de planejamento. Muito prazer, eu sorri de volta. Ele tinha vindo de Brasília e tinha sido muito bem recomendado. Sua mãe era uma professora renomada da UNB e eles compartilhavam, além dos olhos verdes, uma expressão de bondade, de pessoa a quem confiar um pneu furado no meio da estrada.

×

Já tinha seis anos, mas nunca tinha conhecido uma roça, morava na cidade e só tinha desbravado as ruas estreitas da ocupação onde morava e a avenida cheia de carros que atravessava para ir à escola. Quando chegou na fazenda onde meus avós moravam, ficou com o olhar ainda mais inquieto. Deslumbrou-se com o poder haver tanta grama, tanto céu à sua disposição. Sua mãe havia sido contratada para trabalhar como cozinheira em um retiro religioso a ser realizado em uma das casas alugadas disponíveis no terreno, em um feriado.

Ela já estava acostumada com o trabalho materno, com frequência dormia atrás do balcão da cozinha do restaurante onde sua mãe cobria a cozinheira-chefe quando ela faltava. Por isso, tinha os sonhos diferentes de outras crianças, os seus tinham cheiros da comida sendo preparada, do alho frito, do feijão cozinhando, dos pastéis feitos à mão. Quando ela colocou os pés na grama verde pela primeira vez, foi como um torresmo sendo frito, ou como a couve sendo picada pelas ágeis mãos de sua mãe.

×

O trabalho fluiu bem, por vezes as nossas reuniões eram interrompidas para contar casos de viagens em desertos ou trilhas até cachoeiras dignas de bolhas nos pés e dias sem banho. Mas eu nunca aceitei aquele convite, no fim das contas deixei na mala daquelas coisas que ficam para depois, quando sobrar um encaixe de tempo, quando alguém mais importante cancelar. Uma pizza, uma visita ao seu apartamento, um chope. Eu não tinha clareza da intenção daquelas propostas, se eram amigáveis, um pedido de uma pessoa nova na cidade, ainda sem amigos, alguém querendo se enturmar no trabalho, um aceno romântico. O fato é que nunca fui, nunca aceitei, assim como depois não aceitei aquele galpão bolorento em que trabalhávamos, que me fazia suar em camisas sociais completamente desnecessárias. Me recordo dele falando que o seu computador ficava tão quente que ele pensou em colocá-lo no freezer da empresa para não estragar. Lembro de rir dessa ideia e de pensar em entrar junto com o computador, para também não parar de funcionar. Nunca me ocorreu propor um ar-condicionado, uma persiana nova, nunca me ocorreu melhorar aquele espaço, meu corpo simplesmente aceitou aquilo do jeito que era: uma sala quente, um local insalubre para se trabalhar, um simples colega de trabalho em cujos sentimentos eu não deveria me intrometer.

×

Meus avós construíram aquela casa há 39 anos. Compraram o terreno de um proprietário carvoeiro que deixou o lugar sem verde, sem vida, sem credibilidade e sem fé. Nem os moradores das terras vizinhas, que foram as mãos que realizaram tudo, tinham crença no homem careca que chegou por aquelas bandas querendo assinar carteira de trabalho, pois de algo ele deveria tirar de proveito, não existia acordo que fosse bom para o patrão e para o trabalhador.

O trabalho foi sendo feito ao longo dos anos pelas mãos generosas que lá chegaram. A área ao lado do açude foi toda reflorestada e depois apareceram raposas, tamanduás, onças e micos. A grama pegou em grande parte do terreno e no pomar surgiram caramboleiras, amoreiras, jabuticabeiras, laranjeiras. A horta virou a parte nobre do terreno e lá cresceram alcachofras, pimentas-do-reino, alfaces japonesas, tomates, cenouras e beterrabas. Uma casa de dois andares na parte de cima e uma de um andar, sem escadas, para a velhice, na parte debaixo. Uma piscina para os netos, uma varanda para ler livros, um armário para os copos. Um recinto para a infância, para os pés relaxarem. Foi lá que tudo aconteceu.

×

As viagens eram longas, 12 horas de carro, às vezes íamos de trem, avião, ônibus. 73 cidades com um projeto cheio de propósito, que evaporava sob os olhares desolados dos prefeitos em cidades sem água, em dívidas das gestões passadas na casa dos milhares, na falta de crença cheia de fundamento do povo. Compartilhamos esses momentos juntos, ele e toda a equipe, que é o de conhecer o chão onde se mora, a terra que dá e toma, as pedras rochosas e o vale que parece um mar. Sobrava muito tempo para conversar, resmungar sobre hospedarias duvidosas. Isso criou um sentimento de cumplicidade em todos nós que caímos na estrada. Algumas conquistas foram reais, mas a sensação ao ir embora era de que a permanência delas também iria partir na nossa ausência. Mas a esperança não dita, de alguma forma, ficava, e também ia embora com a gente.

✕

Não sabia o nome do pai, mas sabia que do nome dele tinham puxado o seu, uma perninha no "a" e estava resolvido. Não sabia dos avós, pois a mãe não gostava de falar, só costumava dizer, quando explodia um conflito entre elas, que era uma mal-agradecida, que não sabia o que era pobreza, que simplesmente não sabia das coisas e que não perguntasse mais sobre coisas do passado que não tinham importância. Sentia-se desolada, e então a mãe vinha sorrateira e lhe afagava os cabelinhos, pegava uma escova e os penteava devagar sem dizer nada, enquanto ela sentia o aroma de baunilha no ar, de chocolate derretido. A mãe lhe dizia que tinha vindo para a cidade muito jovem, que o pai dela era um homem mau e que, nos tempos antigos, o esgoto corria na rua e os patrões não respeitavam.

✕

Uma vez houve uma briga no trabalho. Dois homens se estranharam e não conseguiram pensar em mais nada para fazer além de quebrarem copos de vidro um no outro. Eu não estava presente. Retornei do feriado e vi os olhos verdes se assentarem na minha frente com um olhar curioso e manso e me contarem sobre o episódio, sobre o sangue correndo escada abaixo, sobre a ambulância, sobre a bagunça que tinha ficado para os outros colegas limparem na véspera de Natal. Ele me disse que todos estavam bem, que tudo ficaria bem e eu acreditei na sua serenidade. Era a sua forma de lidar com situações de violência. Mal lembrava eu que o mundo de fora e o mundo de dentro não são o mesmo.

×

A piscina da casa dos meus avós possui uns 12 metros de comprimento, costumava ser cercada, mas hoje é um complexo aberto de azulejos brancos e azuis com cadeiras de piscina onduladas, cenas da década de 70. Começa rasa e seu piso, em uma diagonal, vai afundando, de forma que boias foram pré-requisitos no passado. Esse pequeno oceano artificial ficava no caminho entre a casa alugada e a casa onde meus avós dormiam. E por algum motivo ninguém se atinou, ninguém percebeu que aquele caminho, aquela água morna que respingava brilhos do sol gritava por atenção, que ela tinha uma espécie de fome também. Só quando a toalha do banho teve que abandonar o corpo nu que fazia movimentos repetitivos é que essa verdade pareceu tão óbvia que todos se questionaram o porquê.

×

A depressão tem alguns sintomas sorrateiros, um deles é que, quando a pessoa acometida pela doença começa a apresentar algum progresso, quando ganha forças novamente para viver, é que se inicia também um momento perigoso, pois a energia não aponta só para as ações longevas, ela pode movimentar pensamentos menos aceitáveis, pensamentos que raramente são falados.

Eu não percebi a voz que mudou de tom, porque acho que ela não mudou, eu não reparei na menção breve que meu chefe fez, juntando folhas de papel e batendo-as na mesa, a um ocorrido que houve há muito tempo, porque achei invasivo escutar, eu não dei importância para o isolamento, pois, afinal, todos temos vida pessoal e temos amigos a quem recorrer. E disso para aquilo foi um pulo.

×

Eu fui à fazenda contar para meus avós que eu havia arrumado outro emprego, que ia trabalhar em um museu, que estava feliz pois lá tinha ar-condicionado, coisa que sempre detestei até conhecer o galpão. Eles me olharam aterrorizados, não por causa daquela mudança brusca de opinião, claro, mas pela memória que ainda guardavam em si mesmos. Os berros que começaram na cozinha, Milta, Miltaaa, Miltaaaaaaaaa. Onde está? Onde estava? A princípio ninguém se preocupou, algumas pessoas fumavam na grama verde daquela primavera, outros conversavam na varanda de trás, algumas pessoas descansavam no quarto. Minha avó se levantou e foi junto procurar, pois a menina era pequena demais e ela sabia a aflição que é um miúdo sumir, ela sabia. Numa primeira olhada, não se via nada, só a tarde saborosa, cheirosa, alguns pássaros voando como sombras pintadas no horizonte. Sentia-se o cheiro de bolo assando, de suco sendo batido. Um pé de manacá cheirava muito bem e suas flores brancas desabrochavam. Alguém viu uma sandalinha branca jogada na grama.

×

Saí apressada na hora do almoço, fui dirigindo sozinha, ninguém do meu trabalho novo poderia entender, na verdade ninguém poderia entender, porque eu nunca tinha comentado isso com ninguém que me conhecia bem. Parei o carro, desci, perguntei onde era, no número 2. Encontrei um rosto roxo, olhos cerrados, pessoas cantando, meus antigos colegas retraídos em um canto. Ouvi na minha cabeça as palavras dele falando que havia encontrado um apartamento novo próximo ao meu, que precisava de ajuda para escolher cadeiras que combinassem com a mesa de jantar. Imaginei a porta se fechando, o olhar no horizonte e a decisão sendo tomada. O corpo no parapeito e a partida para a ausência de dor.

×

O banho estava bastante agradável quando bateram na porta, berrando, um bolo de vozes que não faziam sentido. Rápido, rápido. A palavra servia como alerta para os 20 anos de prática de medicina traumática, os 3 anos nos Médicos Sem Fronteiras. Uma toalha de bolinhas para dar a volta no corpo, a descida descalça pela escada escorregadia, pé depois de pé correndo na grama sem sentirem as formigas que esmagavam, de que vale uma vida pela outra, as pedras que deixaram seus pés marcados. Pessoas em formato de roda podem significar muitas coisas em culturas diferentes, mas o pranto de uma mãe é o mesmo em qualquer língua. Enquanto assumia a posição para a massagem cardíaca, soprando ar na boca da menina, a toalha escapou do corpo e os olhos fingiram não prestar atenção nisso. Mas a cena era esta, uma mulher nua, uma menina afogada, dois corpos que estimulavam a circulação do sangue um do outro. Outro corpo que rugia, como uma leoa sem seu filhote. Pessoas e seus corpos vestidos. Era isso.

✕

É estranho sair depois disso tudo, voltar para antes. Para a cadeira vazia de trabalho que foi deixada de lado, para os e-mails a serem respondidos, para o namorado que te olha curioso. Até a comida tem sabor antigo. Como é possível tomar banho e ir a festas depois disso, sabendo que a realidade não se economiza, ela se despeja.

Fui até o restaurante. Queria olhar nos olhos daquela mulher ferida.

teresa e jorge

Olá, Jorge,

Me lembrei de você enquanto apanhava a correspondência que havia chegado, pilhas de contas e notificações, uma multa e um jornal que não sei por que assino, já que odeio o contato do papel com as mãos; um apanhado de árvores mortas, um coágulo que subiu até a boca, depois desceu para as mãos e em breve chegará até você, como uma tragédia grega viajante. Complete essa oportunidade de diálogo com o que você quiser, eu realmente não me importo, o que quero é que você tenha a coragem de conhecer o que tenho a dizer. E, também, gostaria de saber como você tem estado, espero que o tempo passado não seja motivo para você considerar essa carta uma ação sem finalidade.

Ando acreditando muito na cura por meio das palavras e quem sabe esta seja uma tentativa de retorno ao mundo dos sãos. Sinto raiva de pensar que a nossa infância foi tão difícil, com tudo tão fora do padrão. Eu entendo você ter escolhido ficar longe de todo esse lixo, e fico pensando por que, entre tantos corpos perdidos nesse mundo, logo nós é que fomos receber essa desgraça. Da forma como as coisas aconteceram, eu passei a me sentir menos real, como se para sempre eu ficasse marcada como uma pessoa diferente do resto do mundo. E acho que sempre seremos isso, diferentes.

Semana passada estive em uma livraria ao lado da casa da Isabela, onde costumo ir de vez em quando e, dedilhando os livros na prateleira da loja, deparei-me com um exemplar de "Os Maias", daquele escritor português de que papai gosta. Estava no intervalo do trabalho, mas tive tempo suficiente para me lembrar de que tive que lê-lo no terceiro ano da escola para algum trabalho de Literatura. Lembro-me de andar nos corredores do colégio olhando para as pessoas como se elas estivessem fazendo piadas e rindo de mim, mas na verdade era eu mesma quem estava secretamente me odiando. Fiquei com vontade de comprar o livro só para rasgar todas as páginas e cuspir em cima e depois engolir. Imagine essa cena! Um canibalismo incestuoso, resultando em um vômito salivento de palavrinhas e palavrões.

Algumas informações atuais sobre mim: moro em um apartamento de dois quartos, uma sala e uma espaçosa varanda que margeia todo o imóvel. Trabalho em uma empresa de consultoria financeira, enjaulada em terninhos de cor cáqui e sapatos com saltos grossos. Meu cabelo cresceu um pouco, mas ainda o mantenho mais curto que a média, com a frente pontuda e a parte de trás curta. Moro com um homem chamado Fernando, não somos casados, não temos filhos, mas fazemos muito sexo. Minha vida afetiva não foi muito numerosa desde que você se foi, mas intensa. Antes de conhecer o Fernando, eu namorei um homem chamado Pedro durante alguns anos, que costumava me enviar cartas.

Você deve se lembrar que, quando criança, eu tinha a habilidade de criar situações para mim quando as desejava muito e que, quando decidi que queria receber cartas, passei a escrever para todos os nossos conhecidos almejando uma resposta. No dia em que a primeira carta chegou, sentei-me em uma cadeira com expressão de seriedade e surpresa e abri o envelope calmamente, como em uma missão que só coubesse a uma pessoa adulta (será que você se lembra disso?). Era uma forma de me sentir gente, de sentir que eu tinha alguma função no mundo, mesmo que fosse a de abrir correspondências com feições sérias. Contei isso para o Pedro enquanto tomávamos uma Coca-Cola com limão e gelo na varanda do apartamento dele. Quase 20 anos depois daquela façanha epistolar, recebi a primeira carta de Pedro e pude sentir seu afeto na forma com que o papel estava dobrado, frente e verso preenchidos.

Na época em que o conheci, eu paquerava um homem chamado Eurico. Ele tinha a barba muito preta e usava camisas dobradas até os cotovelos, com estampas peculiares de barquinhos, beijinhos e coqueiros. Nós nos conhecemos por meio de uma amiga do trabalho que nos apresentou em uma festa regada a mojito na casa dela. Fiquei encantada com a voz grossa que saía daquela boca e das mãos limpas que picavam a hortelã e o limão. Todos aqueles drinks me renderam uma quinta-feira de trabalho mais penosa do que costumo ter, mas marcamos de tomar mais mojitos em um bar chamado Havana no sábado seguinte. Apareci no local no horário marcado, acompanhada pela Isabela, pois não queria correr o risco de que ele achasse que eu tinha entendido erroneamente que aquele era um encontro amoroso, embora essa fosse a minha sincera expectativa. Ele apareceu no bar com mais dois amigos, o meu Pedro e outro que se chamava Thiago. Sentamos os cinco em uma mesa redonda, decorada com trechos do livro "O Homem que Amava os Cachorros" em folhas sujas de café enfiadas debaixo de um tampo de vidro, e pedimos, os cinco, duas jarras bem caprichadas de mojito. Perdi as esperanças quando vi o Eurico tocando suavemente o rosto da Isabela para retirar um pedaço de hortelã. Entre esse relance de olhar para os dois e o voltar para o meu espaço, o Pedro me perguntou se eu já tinha lido aquele livro da mesa, o que capturou a minha atenção para seu aspecto: nada de barba (ponto negativo), belos olhos castanhos (ponto positivo), gostava de ler (ponto positivo), não apresentava muita identidade para vestir (negativo), me chamou para fumar (positivo, na época).

A gente costumava ir comer em um restaurante indiano que ficava próximo à casa dele, onde faziam umas samosas e um arroz com especiarias divino. Conversávamos sobre determinados livros e escritores, e sobre a conduta das pessoas que conhecíamos em comum. Ele elogiava os meus cabelos curtos e eu adorava. Foi lá que comecei a lhe contar sobre a nossa história e que percebi que ele realmente gostava de mim, e também que, depois de tantas conversas sobre o meu passado, aqueles almoços teriam prazo de validade. Acho que, no fundo, eu não queria viver com um homem que soubesse isso de mim e de você, queria e ainda quero ser olhada como uma mulher qualquer, de onde não surgem grandes surpresas.

Para além disso, o nosso relacionamento tinha um grande problema, pois, você sabe, a maternidade nunca foi uma opção para mim, sempre achei essa coisa toda de amamentação animalesca demais, e o Pedro não pensava assim, ele tinha o olhar abobalhado de um progenitor. Em uma visita à casa de um casal de amigos que estava grávido, um encontro morno, em que escutamos pais orgulhosos falarem sobre os planos para o bebê enquanto petiscávamos fatias de tomate com pedaços de queijo e manjericão, o "pai" falava com orgulho da decoração do quarto do bebê, e eu já reparava nele um traço de sem-gracice, de falta de energia que alguns pais passam a assumir para dar espaço ao brilho de sua prole. Eu pensava no amargor da cerveja que eu havia acabado de beber, nas mãos suadas do Pedro em minha perna, dando leves apertadinhas animadas em minha coxa, e no olhar esperançoso dele, como se aquela conversa fosse despertar algum instinto maternal em mim. Eu pensava na repugnância que a barriga daquela mulher me causava e em tudo no que a gente, definitivamente, não se parecia.

Tem algo que quero compartilhar com você e que só fará sentido para você, Jorge. Algumas vezes, quando estou conversando com alguém ou fazendo qualquer coisa cotidiana, tenho uma sensação muito estranha e forte de que sou idêntica à nossa falecida mãe. Isso tem acontecido com mais frequência, fico com um pensamento cíclico, e na minha cabeça domina essa sensação de que sou, de fato, ela. Você imagina o estranhamento que isso me causa. Então sinto um pouco de vergonha e de falta de ar e me vem à cabeça a imagem de um vaso, daqueles que enfeitavam o hall do prédio onde moramos, sabe? Eram de concreto cinza, com plantas verdes pontudas (espadas de São Jorge?). Claro que todos os filhos são pedaços de seus pais, mas hoje eu me sinto uma parte única e exclusiva dela. Escuto a minha voz e ouço a dela, o jeito de selecionar as palavras e passar os dedos nos cabelos enquanto falo é o mesmo, até a forma como concluo as frases ou descasco as laranjas é igual. Estava no supermercado, há mais um menos um mês, comprando itens para o jantar (planejava preparar nhoque de batata baroa e cogumelos) e me senti assim, tão completamente ela, tão Lúcia, tão lúcida. Larguei então os temperos, deixei o vinho se despedaçar no chão e as batatas machucadas rolarem pelo piso e saí andando rua afora, como uma pata louca.

Sabe, Jorge, essa coisa de ser mulher é uma coisa gelatinosa. É um assunto sobre o qual penso muito. Ao longo de minha vida sempre reparei nos traços que as mulheres deixavam nos ambientes por onde passavam e que construíram esse espectro composto por muito mais do que dois cromossomos repetidos. É um vento, um jeito de deixar os objetos, de vestir as roupas, de fumar, não é nada palpável. E isso vale para mulheres que já viraram mulheres, meninas não têm isso. Mesmo a nossa avó deixava sua compostura e seus modos por onde tinha estado. O cheiro do perfume, o banheiro arrumado, as balas de morango na bolsa, o jeito de andar, o balançar de sua saia e a forma como comia as jabuticabas enquanto almoçava. Elas têm um feitiço, nada de cigana, mas um poder sobre mim. Me causam uma admiração e um interesse pelos seus trejeitos que sempre me chamam a atenção. A nova namorada de papai, movendo o gelo do whisky com seu dedo mindinho, a cor de batom que usava e a forma como seu brinco balançava enquanto me contava que sua filha mais velha havia quebrado a perna, brigando com outra menina. Eu sempre achei que as mães perdiam isso, mas com o tempo fui vendo que não, essa coisa cresce com a idade.

Veja a nossa mãe, como tinha uma força de andar nos locais com seus sapatos sempre fazendo o mesmo barulho, de uma forma que você sabia quando ela estava chegando pelo som que seu caminhar não falhava em trazer, ritmado, preciso. Esse andar que chegava determinadamente na escola para nos buscar, que chegava com comidas, camas arrumadas, malas prontas, que chegava com Merthiolate, que sempre chegava. Ela trazia força com seus passos, embora depois isso tenha se perdido. Ela me trazia com ela, quando vinha. É assim que gosto de lembrar de Lúcia, e me forço cada vez mais a deixar só essas lembranças reinando em minha mente, e as brigas, os berros, as portas batendo, a raiva e o vaso, os deixo para as sessões de análise a que faltei.

Quando me lembro de chegar da escola e ir direto para a cozinha beber um copo de água gelada, de sentir o molhado do copo de vidro pintado de verde em minhas mãos, eu me lembro de sentir muito aquele dia. De sentir meus tênis velhos apertados (que me envergonhavam), a sensação de alívio nas costas suadas depois de largar a mochila cheia de livros na sala, o meu cabelo preso na gominha preta que eu usava e que puxava alguns fios com mais força, causando uma dorzinha aguda e irritantemente prazerosa. E lá veio o barulho ritmado se aproximando, cada vez mais alto. E eu senti isso. Senti mesmo. Você não estava lá e isso me fez uma falta que ainda não passou, pois aquele fardo é só meu. Ela, com seu semblante sério de todas as vezes que trazia notícias, disse o não dizível. Fiquei olhando-a com a garganta doendo, mas meu pensamento pasmo ficava se repetindo de forma cíclica.

Eu só pensava em uma moça que vi no ônibus retornando da escola naquele mesmo dia, muito magra, uma figura muito bizarra. A pele do seu rosto era sebosa e marcada por espinhas já ausentes, seu cabelo castanho escuro, muito comprido, era bagunçado sem ser, com alguns fios voando e levemente embolados, um emaranhado pesado, liso, como se ela tivesse acabado de acordar e assim mesmo tivesse se encaminhado para a cadeira do ônibus na minha lateral direita. A sua roupa era um pouco sensual, mas seu semblante se assemelhava (provavelmente) ao de alguém que usou muito Botox em um dia triste, e que não muda nunca de expressão, nem quando transa. A sua boca era relaxada e tensa ao mesmo tempo, meio inclinada para baixo, meio rígida. Seus olhos eram caídos e ficavam olhando fixo, sem se abalarem pela curiosidade que me despertavam, sem nada. Pensei se ela era daquelas mulheres muito estranhas a mim, mas que atraíam os homens que, desesperados de amor, desdobravam suas vidas por elas. Pensei se alguém já havia pensado em se matar por aquele semblante.

Enquanto via os olhos molhados e os lábios se movendo em minha frente, eu só conseguia pensar nela, naquela *cherokee* com corpo de uma modelo anoréxica, olhando fixo. Estaria ela triste também com a sua história de vida? Estaria ela dentro do espectro mais desprezível da humanidade, permitido somente aos animais? Seria ela fruto disso também? Se alguém olhasse para aquela cena de fora, penso que veria uma menina nos seus 17 anos olhando fixamente para a mãe, encabulada, mas atenta, presa, diluída naquele momento, veria água escorrendo por todos os lados. Mas se olhasse para dentro dela, veria apenas aquela mulher do ônibus, olhando, olhando. A mulher indo trabalhar, a mulher comendo, a mulher assistindo televisão, a mulher plantando uma flor, sempre com o mesmo semblante vidrado.

Depois desse dia eu comecei a escrever forte, trabalhar forte, viver fraca. Nos meus cadernos nunca era possível usar o verso das páginas, pois as palavras quase atravessavam o papel, de forma que o outro lado dele ficava inutilizável. Uma cor de caneta só para tudo. Eu comecei a morder meus dentes enquanto dormia e a acordar com a boca doendo tanto que tive que ir ao dentista. Passei a dormir com as mãos fechadas, escondidas debaixo do travesseiro e eu nunca as tirava de lá, a ponto de acordar com um braço dormente, estranho ao meu corpo. Naquele dia não me lembro onde você estava e te pergunto, onde você estava? Por que me abandonou aqui?

A campainha tocou e era nosso vizinho Rodrigo, com seus óculos de aros pretos perguntando se poderia ir de carona para a aula conosco no dia seguinte. Eu não conseguia responder, até que Lúcia, muito calmamente, lhe disse que sim, mas que estávamos ocupadas e fechou a porta de um jeito que me fez não me lembrar de mais nada, fechou a memória junto com a porta. Fico me perguntando se você sabe o que aconteceu naquele dia, o que ouvi daquela boca parecida com a minha. Preciso conversar isso com você, meu irmão, pois você compartilha do mesmo sangue que o meu e da mesma desgraça. É desesperador viver com esse tijolo entalado, e hoje me pergunto se você sabia, será que você sabia? Você é mais novo do que eu, talvez não tenha percebido, talvez não tenha se importado, talvez, talvez. Você me deixou para trás e foi embora depois que a mamãe morreu, mas será que a nossa história foi embora de você? Será que isso vai embora algum dia da gente?

Você se lembra de quantos animais preferidos eu já tive? Elefantes, tartarugas, pássaros, cachorros. Quando uma nova espécie ganhava o posto, eu começava a colecionar tudo o que trouxesse a imagem dela, como as pequenas estátuas de elefante que tive na prateleira do meu quarto e as almofadas com tartarugas bordadas. Um dia eu comecei a chorar no caminho de volta da escola para casa, depois de ler sobre uma história de uma família de ursos cuja fêmea tinha matado seus filhotes e depois se suicidado para evitar a exploração que faziam de sua bile na Ásia. Eu olhava para baixo com muita vergonha quando Lúcia, com seus olhos, me disse que tenho um pouco dessas almas dentro de mim, por isso sou uma alma em solidão. Acho que no fundo entendi. Será que você me percebeu?

Hoje meu animal preferido são as baleias. O meu primeiro contato com elas foi em uma viagem que fiz sozinha para o sul da Bahia. Baleias jubartes vão para a famosa Costa das Baleias se reproduzirem no meio do ano. Foi lindo e impressionante ver aquelas caudas se alongarem para fora do mar, uma imensidão do maior mamífero do mundo. Eu ouvia o barulho ritmado da lancha batendo na água e lembrava de andares assertivos e determinados. Eu assisti em um documentário que as baleias orcas vivem em comunidades e que cada uma delas cria uma língua, uma espécie de dialeto diferente para se comunicarem entre si. Achei essa informação incrível e chorei ao ver os homens brancos separando os filhotes de suas mães para entreterem turistas catarrentos em parques aquáticos. Nesse dia me prometi que não comeria mais carne, que eu só teria o privilégio de ver os animais em seu habitat natural, decisão que me levou a essa viagem que aqui lhe conto. A verdade é que somos muito mais como as baleias do que pensamos, somos muito mais besouros, leões, cavalos, esquilos, lobos-guarás, cachorros, gatos. Nossa história é como a dos animais que vivem em comunidade e se misturam, que se juntam para sobreviver e para persistirem na terra, somos fruto disso, eu e você. Naquele dia no barco, comecei a chorar no meio de todo mundo, mas não foi um choro do tipo "me emociono vendo baleias" e tudo mais, foi um choro de dentro, doído, um descarrego do corpo meio gritado. Uma família com um casal e três filhos ficou me olhando assustada, perguntou se eu estava me sentindo bem, disse que sim e saí para os fundos – mas em lanchas não tem muito para onde fugir. Deixei a maresia entrar e fazer seu trabalho, o gosto de sal na língua, o vento e o azul. Me acalmei. Vi mais uma barbatana, de longe parecia não ter peso, não ter densidade, parecia se encaixar no azul infinito, e fui acometida pela sensação de que aquela beleza seria efêmera, de que aquele sentimento construído, de amor pela vida e, ao mesmo tempo, de ódio pela sua concepção, passaria. Dei uma espiada dentro de mim e só enxerguei natureza, natureza pura. Vi nossos pais crescendo juntos, dividindo quitutes que a vovó fazia e repartia igualmente entre todos, vi as roupas que passavam de mão em mão serem usadas por cada um deles, vi as viagens no fusca apertado, em que dividiam o banco e se viam no mesmo retrovisor, sorrindo, vi que eles dividiam, entre tantas coisas da infância, assim como eu e você, o DNA.

A mim só resta buscar, em toda essa história, sanidade, custo a entender por que você foi para longe mesmo sem saber. Mas acho que a gente sempre percebe o que não percebeu em algum grau. Sem perceber as brigas, sem perceber o refinado distanciamento dos outros parentes, sem entender por que nossos Natais eram vazios e cheios de silêncios inexplicáveis, com rostos abatidos pelo preconceito e mudos por já não terem o que dizer. O não fazer parte de nada, enfim.

Você deixou de enxergar tanta coisa que eu pude ver você nos olhos finados de nossa mãe no hospital, como que nos deixando de herança esse vazio intermitente. Uma longa e demorada luta contra o câncer. Vazio. A doença da tristeza também deixa um vazio no couro cabeludo, na calça que fica larga, na cama desocupada no final. Herdei uma ausência generalizada de pai, de mãe, de irmão e de raiz. Acho que é por isso que me recuso a me reproduzir, não quero passar entre as gretas escondidas da genética e da memória arquetípica a nossa história.

Teresa

a história de todas as famílias

A casa de cima. A casa de baixo. Os copos, os talheres, os porta-retratos. O apreço que ficou esquecido para trás. As frutas que chegaram e as frutas que nunca chegaram em bacias trazendo o doce da chuva do campo. A joia que a mãe escolheu dar apenas para uma filha. As outras que ficaram com ciúmes, que se sentiram menos amadas. O papel que surge no meio do caminho e que recebe essas amarguras mesquinhas, mas ao mesmo tempo afetivas, fruto de uma memória embolada.

Aqui na terra, matéria, de alguma forma, é também invisível, também significa sentimento. Por exemplo, quando alguém passa horas, dias, anos bordando um enxoval, uma toalha, uma colcha de crochê, causando corajosos calos nas mãos deste tempo cedido, há dúvida se é material ou afetivo. Ou quando alguém gasta horas colhendo, picando, cozinhando, misturando, queimando a ponta dos dedos, às vezes se cortando, para que uma refeição seja feita com a mesa cheia durante 30 minutos. Isso envolve matéria, tempo e talvez afeto. Quando alguém passa penosas horas trabalhando para pagar um vestido, um curso, uma escola de outra pessoa, isso é matéria e também é tempo. Essa também é a história da minha família, a história da materialidade do afeto. Uma mistura de matéria, tempo, amor, desafeto e genética. Pois se uma mulher deixa de herança mais a um filho do que a outro, poderá haver grandes retaliações, muito choro, anos de terapia ou de vícios. Eu imagino famílias grandes, mas vamos ser justas, médias, de 3 filhos, ambos os sexos, gêneros a serem escolhidos por cada um. Essas pessoas se amam. Ou já se amaram em algum momento. Já brincaram na rua de bola de gude, já deram caldo nos rios, já dividiram uma rapa de bolo e a infância não me deixa mentir o valor que isso tem. Eu pelo menos assino embaixo no valor dessa matéria, lembrando da minha própria infância balançando os pés na bancada da cozinha, enquanto me lambuzava de rapa de bolo, mas na hora da partilha, a infância, a fonte de tudo, afinal, evapora e nos tornamos alguém que sempre dissemos que nunca nos tornaríamos.

Um dia a minha irmã resolveu se casar. Ela era mais nova do que eu, talvez mais feliz do que eu e também mais baixa do que eu. O casamento não foi decidido porque ela tinha um noivo, ou namorado, ou coisa parecida, ela simplesmente tomou essa decisão e me informou, enquanto tentava plantar uma bananeira em frente à parede da sala. Eu olhei para ela e disse, aham, Anabela, aham.

Amélia e Anabela, está para cair do céu o dia em que a nossa mãe teve a ideia de escolher esses nomes para suas duas únicas filhas. Supostamente era uma homenagem a algum samba dos anos quarenta, ou algo do tipo. Amélia, minha mais velha, morena, inteligentíssima, olhar sério, a melhor na escola. E essa é Anabela, o meu anjo dourado, a dona de toda a beleza e graça.

Minha mãe era daquelas mulheres que achava que, quando alguém do gênero feminino se casa, quando esse momento supostamente glorioso chega, é necessário trocar todas as calcinhas. Como se o homem (ela sempre supunha que seria um homem) nunca pudesse ver furos, manchas, fios desfiados. Não pudesse ver o que o nosso corpo ara, assim como a terra, o que cresce dele, o que cultivamos: cuspe, sangue, saliva, corrimento, cabelo, suor. Isso tudo deveria ser enviado para o lixo na nova e lustrosa jornada da vida conjugal. Minha mãe era daquelas mulheres que nunca se sentiu preterida e que nunca viu ofensa em se moldar toda para agradar o outro. Passei metade da minha adolescência achando todos os adultos muito questionáveis. Estive pensando: o que é que existe nas relações de tão impertinente, mas também de tão amável?

Quando meus pais receberam a notícia do casamento, os olhos da minha mãe brilharam feito cristal de cachoeira: mesmo o noivo sendo 2 anos mais jovem que Anabela, mesmo eles tendo se conhecido três meses antes do anúncio oficial, mesmo a profissão dele não sendo nunca mencionada. Eu me lembrei das sandalinhas dela balançando no ônibus e correndo no centro da cidade, atrás de balas e pastéis, enquanto íamos visitar alguém que já estava na cadeira de rodas. Hoje olho para as garrafas de plástico e a vejo bebendo refrigerante no bico, olho para o bidê e me lembro dela dizendo como ele é nojento, lembro da joia que eu herdei e lembro do seu desdém por todas as coisas materiais, enquanto fumava um cigarro escondido de nossos pais, e de quando era ela quem possuía uma caixa de joias entupida.

Na casa onde crescemos, na rua Mangabeira, havia um grande espelho com três partes que se dobravam, fechando-se como uma janela. Na infância, quando o espelho se abria, cada uma de nós tinha que fazer um papel na propaganda que se iniciava, já que o nosso reflexo virava parte de um grande programa de televisão. Vendíamos shampoos vazios, bonecas sem olhos, um pé do par de chinelos, com muito sorrisos e simpatia. Ela sempre se sobressaía e, mesmo sendo a plateia o nosso próprio reflexo, eu já reparava naquele destaque emoldurado pela sua graça. A coisa que mais me estranhava nela era seu desprendimento para sofrer. Uma paixão recusada, uma média perdida, ou a morte, Anabela sofria como se merecesse. Eu nunca achei que ninguém tivesse o direito de sofrer daquele jeito, a não ser nos filmes e em alguns casos de grandes tragédias. Eu nunca achei que eu merecia sofrer por razão nenhuma, isso era sinônimo de fraqueza, mas nela a coisa funcionava.

Existe um retrato daquele dia, fica na parede da sala da minha mãe. A noiva que entra esbelta, feliz, com um coque e uma tiara, a cor do batom combinando com os sapatos, um buquê de flores bem arranjadas. Um porta-retratos é um objeto peculiar, pois nele a fotografia ganha vida própria na cabeça de outras pessoas, deixa de ser o momento real e passa a ser completado pelos pensamentos alheios: a filha de alguém que casou, a avó de alguém que foi comprar cigarros e nunca mais voltou. Foi numa dessas fotos que começaram meus avós, meus pais, meus tios, e que iria começar a minha irmã. Uma louça azul, tão inusitada e elegante – essas foram as palavras da cerimonialista nos encarando e repetindo detalhes tão irrelevantes para Anabela, mas que faziam os olhos da minha mãe borboletear. Família é um assunto complexo, mas nada que uma boa porcelana não ajude a azeitar.

Meu analista usou uma palavra engraçada: falar para se desamargurar, desamargurar-se, enquanto eu roía todas as minhas unhas, destruindo meus dedos até sangrar. Parece doloroso, mas é aliviante em algum grau, como a conclusão de uma tarefa, pois a unha roída, depois que se desfigura, desperta uma necessidade avassaladora de conserto, de melhora da aparência, e isso faz com o que o dente volte à boca vezes e vezes, até encontrar o sangue, como aquele da cadeira do sítio que mudou de cor enquanto meu pai removia um prego do pé de Anabela. Eu, horrorizada com esse episódio sanguinário, e ela sorrindo. Sorria. Terapia é a história dos calados.

O noivo de Anabela era um sujeito chamado Eduardo. Era bonito quando jovem, tinha o rosto quadrado, usava óculos, possuía um olhar charmoso, presunçoso, a voz grossa e suave, como o veludo. Acho que era farmacêutico, ou pelo menos vendia remedinhos de tarja preta que só as farmácias têm autorização para comercializar. Faz tempo que não o vejo, sei que depois se descobriu que era viciado em cheirar naftalina no banheiro, o que o colocou em longo tratamento psiquiátrico e clínico. Imagino aquele olhar agradável entrando no toalete, cheirando, ofegante, enquanto se admirava no espelho. Ele era daqueles homens cujo casamento parecia um movimento natural, como acontece nas filas do banco, quando o próximo é chamado para ser atendido pelo caixa e os que esperam andam um pouco para ocupar o lugar vago. No dia do casamento, mesmo diante de todos os acontecimentos, talvez ele tenha ficado sem nenhuma expressão, como se aquilo fosse uma fatalidade, o derrubar um copo de vinho em uma toalha branca, cuja mancha é brusca, mas sai com uma boa lavagem.

Na igreja, enquanto Anabela se arrumava no quarto de espera, nossa mãe a olhava orgulhosa, com ares de dever cumprido. Ela era mesmo bonita, seu corpo parecia feito a lápis de ponta fina e ela tinha um olhar derramado. Sua beleza era sempre falada e anunciada, o que nunca era mencionado era que minha mãe havia perdido um bebê em um aborto antes de sua chegada, outra menina que teria se chamado Vitória. O quarto já estava pronto, as roupas dobradas, quando começou o sangramento no sofá da sala. Não teve jeito, fizemos de tudo, disse o médico. Tente se distrair, como se o que ela precisasse depois de dar à luz a uma natimorta fosse de distrações. Meu pai fez de tudo para consolá-la, trazia de manhã o café na cama e ficava por perto. Anabela veio para substituir o espaço vazio.

Vivo há muitos anos com a dor de lembrar Anabela com seu vestido rendado cheio de botõezinhos atrás, um trabalho eterno para abotoar um por um, o coque e uma tiara de brilhantes tocando o carpete da igreja. Seu batom e o carpete da mesma cor, tão próximos. Ela, a quem elogios e chocolates eram destinados, que passaria o nome da família para a frente e que tinha um pé de maconha em um vasinho no canto do armário. Me deparo com a lembrança de seus lápis de cor espalhados pela mesa da sala enquanto trabalhava em horrendos desenhos, imaginando histórias fabulosas enquanto se comportava como uma grande artista. Lembro do seu sorriso toda vez que me via e lembro de como adorava carambolas.

    O analista pediu que eu falasse sobre as minhas relações na infância. Que lembrasse de minha irmã sendo premiada por tudo que eu fui ensinada a reprimir: ter opinião, não querer casar, ser boa aluna. Anabela seria a herdeira da família.

×   Como funciona isso? É só começar a falar?
×   Não, eu não costumo chorar e nem me sinto confortável com quem se expõe tanto em público.
×   Um exemplo? Uma mulher do trabalho foi demitida e, pimba, chorou, gritou, descabelou, tirou os sapatos e voltou para a rua descalça. Gritei o nome de minha irmã e ninguém entendeu.
×   Lembranças que isso me remete? Acabei de contar uma, uma mulher de cabelo cacheado que saiu do trabalho chorando, o que mais você quer?
×   Que édipo terá que pular nessa sala para essa sessão funcionar? Quando eu choro eu sinto muito calor, dor de cabeça, falta de água no corpo, algo parecido com uma ressaca. Sinto umas contrações involuntárias e sempre lembro de espelhos brilhosos, reveladores. Me sinto em um lugar de perda imutável. Não sei por que disse isso. Esquece.
×   Não, acho que não chorei no enterro da minha irmã, não pude, foi tudo tão rápido, tão sublime. Não sei se essa é bem a palavra. Algumas vezes parecia que eu é quem estava no caixão. Depois de dias, me es-

forcei para chorar, fiz força, encarei o espelho e nada. Ela morreu no altar.

- Mas porque você diz isso com tanta convicção? Tristeza é uma coisa muito mais comum que a felicidade. De onde você tirou a ideia de que eu vim aqui para ser feliz?

- Não tenho a menor compreensão sobre o choro em si e a sua função social, quando ele só traz constrangimentos para todos. No dia em que Anabela morreu, tive que ser forte. Quem iria carregar a menina até a ambulância? O noivo parecia uma moita. Quem iria dar a notícia à minha mãe de batom borrocado, que perguntava incessantemente que dia era aquele, em que ano aquilo poderia estar acontecendo? Perguntava incessantemente onde estava sua filha caçula, onde estava Vitória? A filha solteira.

- Sim, é como uma semente que cresce e invade as minhas lembranças. Tenho olhado para tudo e lembrando dela balançando os cabelos com cheiro de melancia. Jogava para frente e para trás, depois do banho.

- Lógico que ver alguém morrer no altar é inesquecível, a imagem fica gravada na sua cabeça. A tiara rolando no tapete vermelho, o vestido..., a minha mãe correndo e gritando, o padre encabulado, o Eduardo, rindo de nervoso, verde.

- Não, eu pensei muito nisso sim. Eu penso nisso todos os dias que me deito na cama e não consigo dormir, na falta de ar que vem. Não quis ficar com as joias dela, vendi quase todas e doei o dinheiro. Era o que tinha que ser feito, era o certo. Era o mais cristão a se fazer.

- Sim, eu fumo, maconha, sim, cigarro, não.
- Minha mãe ficou muda depois da morte de Anabela. Esse é o motivo pelo qual estou aqui.
- Após toda a trabalheira do enterro, em casa, sentei na frente do espelho com os cabelos completamente embolados e fui desembaraçando, fio a fio, com a maior tranquilidade do mundo, cada pedaço que insistia em não se separar. E quando algum se recusava a se entrelaçar com a escova, eu puxava com veemência, podia ouvir os fios de cabelo pretos se arrebentando, podia ouvir minha mãe falando que eu deveria cuidar deles, pois eram *bons*. Mais uma puxada e um chumaço se soltou do couro cabeludo, senti uma dor prazerosa.

23:30

I.

Estranhei quando vi a expressão de inconformidade da mulher. Ela segurava uma sacola marrom em uma das mãos e na outra tinha uma carteira de identidade junta dos dedinhos de um menino que devia ter, mais ou menos, cinco anos. O funcionário da empresa de ônibus conversava com outro energicamente, argumentando algo, mexia muito as mãos, o que fazia balançar o seu crachá laminado. Percebi que era um caso perdido quando vi os lábios da mulher lambuzados de batom bonina pronunciarem as palavras "que sacanagem", com um olhar desapontado. Ela foi, então, da porta do ônibus até o bagageiro, acompanhada pelo funcionário – ele tinha os cabelos cortados na lateral e a parte de cima ensebada de gel –, que abriu o compartimento enquanto sorria e acenava para outro funcionário, e avó e neto, como pareciam, retiraram suas bagagens de dentro do ônibus, resignados. Senti uma compaixão por aquela mulher, senti o meu coração apertar um pouquinho, a imaginei voltando para uma casa vazia, triste, pegando o telefone para informar a alguém que não iria mais. Vi os olhos longos e inocentes de seu neto a encarando, esperando um comando.

Quando eu fazia aquelas viagens, anos atrás, eu comecei a reparar nas pessoas para passar o tempo. A mulher de sapatos de bico fino pretos de verniz que compra sua passagem na mesma fila da bilheteria que eu e que, depois, esperava impacientemente para entrar no ônibus, batendo os mesmos sapatos bicudos no chão, fazendo um barulhinho de tap tap. Dois funcionários se despedindo, abraçando-se com verdade e dando tapas nas costas que ecoavam no embarque enquanto sorriam, simplesmente sorriam. E mais taps taps ecoavam arredondados, sonorizando com amizade o Terminal A. Uma família que conversava com o encarregado por guardar as malas, exigindo cuidado com os itens quebráveis e passando instruções detalhadíssimas sobre como posicioná-las, e o funcionário que concordava com uma expressão de desinteresse e que as colocava no bagageiro da mesma forma como teria colocado um saco de cimento em um caminhão. Uma mulher e uma menina de gominha cor-de-rosa, ambas muito abraçadas, com os olhos marejados, parecendo se adorar, enquanto falavam baixinho palavras macias. Malas vão passando e fico torcendo silenciosamente para não haver um passageiro ao meu lado durante a viagem, de modo que eu possa viajar deitada.

II.

Há um ano exatamente, retornando de uma viagem para a região andina de Jujuy, observei no aeroporto uma família: irmãos e irmãs com seus cônjuges, uma infinidade de crianças correndo e pulando de cadeira em cadeira enquanto soltavam gritos desagradáveis, uma cena que contrastava com o desânimo generalizado dos outros viajantes. Um casal mais velho estava sentado no meio daquele redemoinho, de mãos dadas, malinhas ao lado. Os filhos demonstravam uma tristeza de prole abandonada no olhar e, quando o embarque foi iniciado, uma tromba d'água invadiu o monótono aeroporto de Jujuy, os filhos começaram a chorar, a se abraçar, as crianças continuaram a correr enquanto o casal, sob uma aura lamuriosa, encaminhava-se para a sala de embarque, deixando, a cada passo, lastros de ausência. Aos poucos, toda essa cena foi se desvanecendo, a água foi seguindo o seu curso irreversível e o rio voltou ao seu nível normal. Achei toda aquela cena fascinante e imaginei se aqueles pais fariam alguma cirurgia de risco, ou se residiam em outro país, ou se apenas iam embora para a sua cidade, o que gerava angústias que não precisavam ser escondidas.

III.

O relógio marcou 23h30. Subi os degraus do ônibus, depois de mostrar meu documento para um olhar desconfiado, com bigodes e jaqueta azul-escura, pois sempre tive as feições de uma pessoa muito mais jovem do que de fato sou. O interior dos ônibus me obrigou a revisitar a minha infância, em que eu costumava viajar de ônibus para a Bahia com a minha família. Nas mal-iluminadas paradas para os motoristas descansarem, que sempre aconteciam de madrugada, eu e meus primos desbravamos o percurso até banheiros de limpeza duvidosa, guiados apenas por um número escrito na palma da mão e pela confiança dos mais velhos. Alguns erros foram cometidos, rapidamente consertados e os caminhos certos foram encontrados, como as pequenas tartarugas, quando rompem a casca do ovo e percorrem a areia até o mar, é necessário passar por essas provas da vida para existir.

IV.

As viagens de carro eram bem diferentes, de alguma forma pareciam mais longas, tinham cheiro de embreagem queimada e muitas curvas que nos arremessavam de um lado ao outro do carro, os enjoos consequentes das forças da física traziam experiências pouco agradáveis para os demais passageiros. Na brincadeira das cores, que fazia reviver por alguns quilômetros crianças enjoadas, cada um tinha direito a escolher uma cor correspondente às possíveis cabines de caminhões que certamente cruzariam o caminho do carro. Cada vez que passava um da cor correspondente era gol de placa, o sortudo pontuava. Branco, vermelho, azul, amarelo, carretas, caminhões pequenos, grandes, carretos e anos persistindo no cor-de-rosa, hoje penso que preferia perder o jogo do que a fidelidade ao meu gosto e me orgulho disso. Às vezes víamos acidentes, acompanhados pelo olhar preocupado de minha mãe, pessoas chorando, carros queimados na beira da estrada, às vezes uma ausência completa, pois o veículo havia despencado de um barranco. Lembro-me de ouvir a história de um tio-avô que desceu na estrada para ajudar os passageiros de um ônibus que se acidentou. Puxou o freio de mão, desprendeu o cinto, abriu a porta para socorrer os feridos, colocou os pés no asfalto e foi atropelado por outro veículo que fazia uma curva apressada.

No ano passado, eu voltei para a Bahia de carro e vi muitos caminhões cor-de-rosa, talvez até teria ganhado um possível jogo se tivesse acontecido. Alguns deles traziam mensagens nas traseiras como: "Amante da lua" ou "Humildade – essência da vida" ou "Minha mãe é uma deusa". Difícil explicar, mas me senti poderosa imaginando a menina da minha infância ganhando aquelas disputas, quase quarenta anos depois.

V.

O motorista entrou no ônibus e se apresentou aos passageiros como Jesus Firmino. Passou uma longa mensagem sobre cintos de segurança, saídas de emergência e cuidado com seus pertences em um tom ritmado, sem humanidade nas palavras, de um jeito que ele e uma caixa de som não poderiam ser diferenciados. A ausência completa de intenção na fala cessou quando nos desejou boa viagem com uma pitada de fé e que ficássemos com Deus, nosso Senhor. Depois do seu breve discurso, o motorista virou as costas e voltou para a cabine, que cheirava a urina. Adormeci ouvindo a voz de uma mulher que avisava ao marido da sua saída, e que estaria em casa antes das oito. Que ele deixasse o café quente.

jazigo

Os copos estão meio cheios de vinho, refrigerante ou água, algumas manchas roxas agora fazem parte da toalha de linho com a barra bordada, presente de uma tia para a anfitriã da casa. Farelos espalhados, pequenos grãos de arroz e um guardanapo embolado também fazem parte da festa. Pratos de sobremesa desordenados denunciam o estrogonofe de nozes que há pouco havia sido servido, receita ensinada pela bisavó da família no sul de Minas que criou os filhos a base de carne conservada na banha e legumes cultivados na horta. Uma casinha branca de janelas bege-claro, solado de pedras vermelhas, grade branca com seis filhos sentados lado a lado na calçada da rua, uma senhora e um senhor de expressão séria compunham um dos mais clássicos registros de família. Todos criados juntos e crescidos diferentes.

Alguém olha para a tela do celular e solta a notícia na mesa. Os olhos brilham, alguns se umedecem, as bocas se contraem, duas pessoas se abraçam. Um brinde é feito em nome da vida bem-vivida. Diversas teorias surgem sobre um lugar melhor para o qual se poderia ter ido depois de meses em uma cama, depois dos choros pela dor, pelo sofrimento da família que dia após dia acompanha, não sai de perto, vai às consultas com esperança. Ela tinha defeitos, mas quem não tem? Um coral caótico, as pessoas oscilam entre falar todas juntas de forma barulhenta e momentos silenciosos, em que alguém toma a frente e conta uma história. A lembrança não pode evitar de vagar livre quando, perto dos campos de café, uma festa de 100 anos foi comemorada com presença dos representantes da cidade, seguida de uma festa no clube, onde, anos antes, um casal havia bailado, feliz. Ou até um atropelamento que levou alguém que estava ajudando um ônibus acidentado, ou um tiro de espingarda que apagou uma biografia. A memória mais sólida de todas é o câncer que levou os músculos da perna, o caminhar, a voz, a capacidade de mastigar e, em um último momento, o olhar inquieto.

Em um mesmo cemitério da família fica enterrada uma série de pessoas, irmãos, irmãs, filhos, pais, avós, a necessidade de estar junto é mais enraizada debaixo da terra, e acontece por ordem não de idade, mas de fatalidade. Nesse apartamento existem caixões pequeninos também. A visita dos parentes não é constante, cada um prefere viver o luto ou a saudade à sua maneira, seja vendo fotos, saboreando uma comida preferida enquanto deitado na cama, cantando uma música, olhando fixamente para o nada.

A luz está acesa e as cortinas estão abertas. A cadeira de balanço passada de geração em geração oscila tranquilamente. Enquanto mastiga um suspiro, alguém avisa sobre o horário do velório e o local do enterro. O melhor é já ligar para a flora e pedir uma coroa de flores em nome de todos, transmitindo uma mensagem de amor para ofuscar a angústia. Alguns combinam de ir juntos, dividir caronas, enforcar uma horinha no intervalo de almoço, uma reunião terá que ser reagendada, o filho anuncia que não poderá ir, sob o olhar de reprovação de sua mãe. Alguém pega o telefone e disca, sim, sim foi hoje, sim, ela já estava sofrendo muito, uma pena.

Aos poucos a agitação diminui e dá lugar a reflexões mais silenciosas. Duas primas riem baixinho em um canto, mas logo param. A cada vez que essas mortes acontecem, fica mais difícil fazer com que se encaixem entre responsabilidades, boletos, metas trimestrais, férias e guarda-roupas. Um empurrão é dado, algumas lágrimas derrubadas, zíperes são fechados e se segue. Alguém escapa da mesa e chora no banheiro baixinho, depois lava o rosto várias vezes para disfarçar e retorna à mesa. No dia do último enterro, algumas pessoas choraram, outras não, um texto foi lido e, sob as mãos dadas, o fim chegou. Os pratos são reunidos em pilha, um mutirão é feito na cozinha para lavar a louça, alguém rouba uma uva do cacho, quando um copo escorrega da mão e quebra dentro da pia, atraindo a atenção do grupo. A primeira bolsa é recolhida e indica a hora de partir. As pessoas se abraçam, vão até a porta, esperam o elevador. Alguns permanecem mais um pouco, repetem o café com açúcar ou adoçante, pois alguns ligam para a dieta, outros nem tanto. Contam mais um caso e espiam o entardecer rosado da janela. Prometem se ver mais, quem sabe uma viagem juntos para a praia, lembram-se dos torneios de pingue-pongue, nos quais as personalidades mais competitivas surgiam, as partidas de pôquer e os almoços feitos com mãos de deusa, nos quais a luta revezava entre os mosquitos e o pedaço de peixe mais molhado. Acho que isso ficou registrado em algum caderno, ou fita já obsoleta para o streaming de hoje. Acho que ficou.

A coleção de São Francisco dos anfitriões fica em um aparador bem perto da saída da casa. Já se somam mais de 80. Para quem olhar de fora, verá as despedidas acontecendo ao lado de tucanos, ovelhas, pássaros e os demais animais que sempre rodeiam o santo, seu protetor. O último se despede, a porta se fecha e, logo depois de serem recolhidas as últimas louças que ficarão para a empregada lavar no dia seguinte, a luz da sala é apagada. A janela ainda continua aberta e uma brisa morna entra, balançando a cortina branca. Na mesa de centro, entre os sofás, se podem ver diversos porta-retratos em que as pessoas se abraçam sorrindo, parecem se gostar muito. O ar vazio que fica ali tem um quê de ausência muito profunda, muito sincera, que dormirá com os ali antes presentes, quem sabe molhando alguns travesseiros, quem sabe levantando perguntas sem resposta, mas em breve será colocado de lado para dar espaço à entrada de luz. Logo em breve, esta mesma mesa estará posta novamente.

o enterro das bonecas

Minha vida foi difícil, mas eu nunca esperei. Eu nasci em um lugar em que ninguém escutava nada e em que tudo era dividido em cinco partes muito simples: as bonecas, a enxada, o pano na cabeça, o marido e os filhos, não necessariamente nessa ordem, mas com a certeza de que todos esses temperos fariam parte do gosto. Nos pediram para falar de nossas vidas, de nossos filhos, de nossas angústias. Outro dia me perguntaram no centro de saúde, enquanto eu aguardava atendimento médico, qual cor refletia melhor os meus sentimentos e eu não hesitei em responder a cor verde. A minha primeira lembrança só pode ser o verde, porque ele era sinal de fartura na roça, quando o campo se enchia de vida e isso significava mesa cheia, e mesa cheia significava esperança. Acho que o verde é a cor da esperança por esse motivo, porque ele é a cor da colheita, do sol batendo na enxada, da sensação gostosa de pisar com os pés descalços na terra molhada e de saborear o legume fresco, cozido no dia.

O pai Tião, a mãe, Mázina, um irmão e duas irmãs. O dia era feito para ajudar os pais na tarefa que coubesse, mas sobrava tempo para algumas brincadeiras. Às vezes até a menina da casa grande vinha participar, rolava na lama com a gente, e ajudava em algumas tarefas. Lembro que olhava muito as coisas, reparava em tudo, vinha sem sua gente saber e, quando começava a escurecer, saía correndo igual égua disparada.

Naquela época, cada menina criava sua boneca do jeito que dava, roubando roupas do armário dos pais, juntando restos de pano, tampas de garrafas de alguma casa da cidade, galhos de árvores, grãos arroz e, depois de prontas, era hora de cavar a terra até certa profundidade. Cada dia era a vez de uma delas, e juntas fazíamos o coro da lamentação, com flores arrancadas da roça ou pedaços de grama. Alguém cantava uma música, as palavras esquecidas eram murmuradas e todas consolavam a mãe, com uma orfandade invertida.

A despedida dos filhos chegava mais cedo, não de casa, para trabalhar, mas para a morada da terra. E as bonecas seguiam o mesmo destino, eram enterradas, algumas lágrimas derramadas, folhas e flores velando seus corpos de arroz, meias, palha e nós, amigas, de mãos dadas, vivendo o mais sincero luto que a nossa infância permitia.

A memória não me falha, quando penso no enterro de uma criança e não de uma boneca, penso no filho mais novo do Joel e da Cida, uma outra família que morava na mesma região que eu e minha família. O menino ficou amuado, parou de falar, os narizes escorriam e a tosse fazia um barulho alto igual trovão, que parecia que era a dor saindo e não catarro. O dia em que bateu na cama, não levantou mais, durou mais uma semana até que minha mãe me mandou me lavar toda, penteou meu cabelo puxando tanto que parecia que meu rosto ia desprender da cara, colocou meu único vestido limpo e me fez olhar para o corpinho adormecido, enquanto alguém rezava um terço. E uma semana depois, lá estávamos nós, as crianças reunidas, fazendo a nossa cerimônia, a boneca Joaquina, tão jovem. Alguém também rezou algum terço cheio de versículos inventados e, desta vez, aquele amontoado de palha, arroz e botõezinhos, no seu corpinho mole e desajeitado, ficou abandonado debaixo da terra, invisível aos olhos do mundo real.

O Joel e a Cida logo deixaram de ser dois. Ela foi criada junto da família dele, abandonada pelos pais aos dois anos. Eles cresceram juntos, beijando escondido na beira do açude e, aos 17 anos, casaram-se. Depois que o filho mais novo deles morreu (eles também tinham uma filha mais velha, de uns 13 anos), ele começou a beber. Voltando para a casa da roça, a gente encontrava com ele andando todo torto e olhando esquisito pra gente, cheio de odores. Ela chegava tremendo feito vara em minha casa e minha mãe não falava nada. Colocava a água para esquentar e ia limpando cada machucado com um pano, numa calma assustadora. Eu ficava escondida atrás do cesto de legumes observando aquela cena e, quando a mãe me via, eu corria de volta pro quarto ao som de seu grito.

Minha mãe nunca me explicou nada, um dia arrumou uma mala com alguns panos, nossas poucas roupas, um caneco, dois pratos, o terço que minha avó havia deixado para ela e uma foto do seu pai e partimos. Acho que ainda demoraria muitos anos até que as Mázinas não precisassem mais abandonar os Tiãos da vida, as Cidas os Joéis, pois, quando chegamos na cidade, vi que a história era mesma, só que o cenário era de asfalto e esgoto a céu aberto.

A casa em que passamos a morar era próxima da bica de água, já que não tinha rio nas proximidades, nem esgoto, nem água encanada. O lugar era próximo da fila matinal para pegar água rapidamente, para lavar a louça, limpar a casa e tomar banho. Hoje reparo na quantidade de iogurtes que tenho na geladeira para meus netos e sei que eles nem imaginam. Isso porque meu pai dizia que eu não sabia o que era pobreza, e tenho um alívio danado pensando nisso, e minha mente sobrevoa as estradas de terra que percorri correndo descalça, o cheiro das plantações de eucalipto, os banhos despretensiosos no rio enquanto mãe lavava a roupa, a panela cheirando e o olhar carinhoso familiar. O campo verdinho, perfumado, promissor, a terra molhada e o longo horizonte curvado, que me fazia sentir invencível.

Hoje, depois de enfrentar duas cirurgias no coração, começaram os tremores que me levaram ao posto de saúde. Derrubando copos e com dificuldade para executar tarefas simples, eu ainda tenho esperança de que isso vai passar, minha força está amarrada na terra fofa, pronta para ser arada e molhada. Eu deixei para trás todas as bonecas enterradas que tinha.

ambulatório

Foi andando na grama verde da casa da minha avó, vendo a cor brilhosa da água do açude, observando aquela planta que se parecia com patas de caranguejos que senti o começo do abandono. Tal como a mata nativa que virou carvão e depois mata de novo, e como a família de patos que aumentava e diminuía a cada visita da raposa, esse curso impertinente e indecoroso da vida recairia sobre mim também, como acontece a todos os outros seres vivos que habitam a terra, como acontece a todas as pessoas que conheci nos lugares onde trabalhei ou estive, mesmo que por acaso.

Ela morreu, mais ou menos, quando o caramanchão da casa foi todo tomado pelo verde da trepadeira, que durante muito tempo insistiu em não crescer. O jardim, cheio de flores e plantas das quais ela, mesmo doente, insistia em cuidar, ficou cheio. Mesmo que caísse muitas vezes e se machucasse, não poderia nunca se separar da terra verde. Ela escreveu, em uma carta para mim, com uma letra tremida, em um cartão de aniversário, que as mulheres ficavam mais obstinadas depois dos 30 anos. Dizia que eu era como as rochas, aguentava muito calor, mas não deixava que raízes profundas crescessem em mim. De toda forma, me lembro do seu jeito doce de falar coisas duras e admirava a coragem com que enfrentava o cotidiano e as coisas que deveriam ser feitas porque sempre foram assim.

Quando fui embora do ambulatório, caminhei pelo corredor de piso branco e levei nas costas a herança de uma família de portugueses que só conversava em francês e que no fim se uniu a uma família de carroceiros. Levei nos joelhos uma outra família que nunca vou conhecer, que nunca fui apresentada. Levei nas bochechas a gordura formosa de minha bisavó e uma parente que se mudou para o asilo para fugir da solidão.

Quando saí daquela sala do hospital onde eu havia trabalhado, levei todas essas coisas que fazem parte da minha história e que não me largam. O olhar agitado da paciente me falando que odiava os dentes do namorado, perguntando se poderia fumar. Eu dizendo que sim. Sua inquietação e as risadas que dava enquanto eu espiava da minha cadeira, com atenção. Da sua cara jovem, que oscilava entre engolir a vida de uma vez e abandoná-la. Não me esquecia dela tragando os cigarros e me olhando nos olhos, analisando meus tênis e minha postura.

Havia também Dona Flor, que entrava em crise e violentava o marido. Era muito mais alta e robusta que ele, usava vestidos longos cheios de florzinhas, o cabelo meio bagunçado em um rabo de cavalo e o olhar dócil, como o de uma criança pedindo uma colher de mel. O marido sempre de roupa social, suspensório, o corpo parecendo um fiapo, os cabelos brancos e o olhar atencioso, preocupado. Saíam do consultório do psiquiatra sempre de mãos dadas. Aguardavam nas cadeiras enfileiradas do ambulatório com o olhar paciente. Teremos que ajustar o remédio, Dona Flor, profetizava o médico e ela sorria. Tudo bem, doutor Acácio.

Me arrastava, ainda à noite, para o hospital, revoltada por ter que acordar tão cedo para participar de grupos de estudos científicos e, junto dos residentes, ler e reler pesquisas em inglês sobre aspectos biológicos associados às doenças. Pouco me importavam as células, os neurotransmissores e os fatores genéticos. Me importava muito mais a forma como os dedos se entrelaçavam ao escutar o médico, o jeito como os olhos se mexiam, a relação com a família, com os amigos, com a arte, que memória guardavam da vida.

O doutor chefe do departamento tinha o pai psicanalista e, entretanto, ou talvez por isso mesmo, abominava a matéria. Usava calças jeans com cinto bem-apertado, que, acinturado, o deixava com um ar de lanchonete. Era sério. Sua testa tinha um formato em "v", revelando estar sempre contraída, cansada, preocupada. Nunca sorria.

Seu Antônio era enorme, tranquilo, falava com leveza sobre suas dores constantes no corpo e sobre os efeitos colaterais do remédio. Não tenho mais a mesma memória, doutora, ele me revelava, e eu respondia que não era doutora coisa nenhuma. Para mim todo mundo do ambulatório é doutor, mesmo que jovem como você. Depois sorria e caminhava em direção à porta.

Montamos um grupo de conscientização sobre as doenças para os pacientes e seus familiares. A ideia era ter tempo para entender a doença, seus gatilhos, ouvir as histórias, escutar sobre o estigma. Poucas pessoas na área da saúde tinham esse tempo do outro, eu percebia. A funcionária da Secretaria de Educação levantava a mão e parecia ter dúvidas, contava sobre os períodos em que não conseguia trabalhar, pois ficava cansada demais para se levantar da cama, para ir ao banheiro, para escovar os dentes e comer. Eu voltava para casa e via seus olhos inquietos. A depressão é como uma gripe, mina nossa energia, a médica falava e os pacientes escutavam, atentos e desinteressados ao mesmo tempo.

O residente bonito que acreditava em muitos medicamentos, o residente feio que não olhava nos olhos dos estagiários. O andar de cima era oftalmológico e a lanchonete não era próxima. Testes e mais testes com os pacientes: aperte o botão, você se lembra desta palavra? Qual o nome desta planta? Aperte o botão todas as vezes que vir uma luz verde. A tão temida crise era como um curto-circuito para o cérebro e poderia minar o dia a dia, a memória, a atenção, as saudades. Não me lembro mais como me lembrava, doutora, perdi a cidade onde morei na minha infância, perdi.

Depois disso foi o presídio, que eu também abandonei. Passei a ter sonhos atormentados e a achar que alguém me perseguia na rua procurando respostas para a minha ausência. Foi durante esse trabalho que eu escutei as histórias mais impressionantes da minha vida e que confirmei minhas teorias sobre o sistema prisional e a construção social que leva ao inferno. Sempre há uma mãe idolatrada, sempre há um pai ausente. Sempre não existe outra alternativa para se sentir sentido, para atrair olhares de admiração e respeito.

Ele trabalhava na horta, adorava sentir a terra com as mãos e tinha 11 filhos de mulheres diferentes. Era obcecado de ciúmes pela última. Mas adorava conversar, adorava ser ouvido, esperava pelos nossos encontros que reviviam a história da sua vida. A mãe era costureira, o pai, nunca tinha visto. Os filhos eram muitos, e muitas vezes ele precisava cheirar para conseguir trabalhar dois dias sem dormir. Mas quando chegava na horta e sentia a terra em suas mãos, era milho que não acabava mais.

 Eu dirigia uma hora e trinta para escutar a verdade da vida e tudo aquilo era fascinante, mas o fim e o abandono eram inevitáveis quando eu me formasse. Assim também era a vida do lado de fora quando saísse, dura, escorregadia, imprevisível e extremamente injusta. Nossa despedida foi breve, compreensiva, mas não creio que tenha sido profunda. Vi as grades se abrirem, primeiro uma, depois a outra, nunca as duas ao mesmo tempo. Outra sala. Outras grades e lá fora a terra batida, o silêncio e a solidão completa me envolvendo, me derramando pelo chão. Escorri até o carro e deitei o banco para pensar nas lógicas sem sentido que sempre me foram apresentadas e com que nunca consegui me acostumar. Me lembrava da minha avó falando das mulheres obstinadas e não encontrava nada em mim.

 A primeira coisa que fiz depois de largar todas essas coisas foi visitar seu jardim. Fui de carro, não avisei ninguém, fui lá para tirar os sapatos e observar o que já tinha sido uma horta enorme. Vi vazias as jabuticabeiras que antes já pareceram joias rebuscadas, cheias de gemas pretas, explodindo em suculência. Embora o jardim estivesse desordenado, o caramanchão, seu projeto há tanto tempo, estava verde, esplendoroso. Os animais que rodeavam sua vida também ficaram e se misturaram à desordem magnífica da natureza. Lembrei-me dela penteando meus cabelos e da sua disciplina com a comida, os remédios, a higiene, a leitura (sempre duas horas por dia), os cuidados com meu avô. Minha avó era a mulher mais determinada que conheci, beirava a teimosia. Ela teria adorado escutar as histórias dos pacientes que abandonei. Tenho certeza de que me diria, enquanto partia um pedaço de bolo, que esta era a vida, e que eu haveria de seguir em frente com coragem. Depois sempre acrescentava: o melhor da vida é não passar por ela sozinha, senão quem vai te visitar quando você ficar velha e caquética como sua avó? Eu ria dela e mordia o bolo, tentando escapar da calda de chocolate, doce demais para mim.

A paciente do cigarro tentou se matar. Dosa Rosa voltou, por muito tempo, ao ambulatório. A médica residente fez doutorado em psicoeducação, nunca mais nos encontramos. Seu Antônio sumiu. Reinaldo, se recuperando da APAC, recebeu sua progressão penal e foi solto. Eu ainda vou ver o jardim de minha avó toda vez que sinto a vida escapar de mim e penso na mulher obstinada que nunca me tornei.

A História de Todas as Famílias Ⓒ Deborah R. Sousa, 06/2021
Edição Ⓒ Crivo Editorial, 06/2021

EDIÇÃO Laura Cohen e Amanda Bruno de Mello
REVISÃO Amanda Bruno de Mello
CAPA Thaísa Pires
PROJETO GRÁFICO E DIAGRAMAÇÃO Luís Otávio Ferreira
PRODUÇÃO Deborah R. Sousa
COORDENAÇÃO EDITORIAL Lucas Maroca de Castro

Dados Internacionais de Catalogação na
Publicação (CIP) de acordo com ISBD

S725a   Sousa, Deborah R.
A história de todas as famílias / Deborah R. Sousa.
- Belo Horizonte, MG : Crivo Editorial, 2021.

84 p. : il. ; 13,6cm x 20,4cm.   Inclui índice.

ISBN: 978-65-89032-14-4

1. Literatura brasileira. 2. Contos. I. Título.
2021-2267   CDD 869.8992301   CDU 821.134.3(81)-34

Elaborado por Odilio Hilario Moreira Junior - CRB-8/9949

Índice para catálogo sistemático:
1. Literatura brasileira : Contos 869.8992301
2. Literatura brasileira : Contos 821.134.3(81)-34

CRIVO EDITORIAL
Rua Fernandes Tourinho, 602, sala 502
30.112-000 – Funcionários – Belo Horizonte – MG

 crivoeditorial.com.br   instagram.com/crivoeditorial
 contato@crivoeditorial.com.br   crivo-editorial.lojaintegrada.com.br
 facebook.com/crivoeditorial